고맙습니다
나의 수많은
당신

고맙습니다
나의 수많은
당신

권애숙 산문집

달아실

호숫가에서 제비꽃 몇 포기를 집으로 옮겨 온 지 몇 년. 화분에 담아 담벼락 위에 얹어놨더니 그동안 씨앗들을 얼마나 퍼뜨렸는지 지금은 온 동네가 제비꽃 천지입니다. 제비꽃은 제비가 날아오는 봄에 핀다 하여 붙여진 이름이지만 우리 동네 제비꽃들은 거의 일 년 내내 피고 지고 또 피며 창공을 향해 날개를 펼칩니다.

제비꽃에선 바닥과 창공의 냄새가 나서 좋습니다. 누가 보든 말든, 아는 척을 하든 말든, 잘난 척 하지 않고 고요하게 그러나 뜨겁게 바닥을 딛고 서서 자신의 전부를 펼칩니다. 작고 소박한 꽃잎들은 나를 닮았고 내 그리운 사람들을 닮았습니다. 꿈인 듯 희망인 듯 보는 이들의 걸음을 붙들고 설레게 합니다.

제비꽃의 꽃말은 '겸손' '순진무구한 사랑'이라고 합니다. 낮고 구석진 곳에서 있는 듯 없는 듯 피어 누구에게라도 편안하게 다가가고, 누구라도 쉽게 다가올 수 있게 하는 겸손하고 순진한 사랑. 제 글이 제비꽃 같기를 바랍니다. 고요하게 사방으로 번져 춥고 아픈 이들의 허기를 조금이라도 달랠 수 있으면 좋겠습니다.

길게는 이십수 년 전, 짧게는 최근까지 신문이나 잡지에 발표했던 것들입니다. 모아놓고 보니 '삶과 시에 대해 소박하지만 희망 쪽으로 길을 내고 있는, 낮고 뜨거운 숨'이라는 생각이 듭니다. 산문은 시와는 또 다른 매력입니다. 시가 낯선 나를 만나는 작업이었다면 산문은 잊고 있던 나를 만나는 것이었습니다.

식어가는 내게 뜨거운 숨을 불어넣어주거나, 물색없이 흔들릴 때 고요하게 중심을 잡아주던, 이젠 없는 사람들을 생각합니다. 그들은 사라진 게 아니라 늘 내 곁에서 내가 누구인지, 무엇을 해야 하는지 깨우쳐주고 있었던 것입니다. 꺾이는 매 순간마다 토닥여준 사랑하는 가족과 벗들과 달아실에 고마운 마음을 전합니다.

날자,
나의 수많은 당신
우리에겐 날개가 있다.
어떤 시공을 다 알아차린!

2022년 초여름
권애숙

차례

2부. 스며들기 좋은 방

1부

지구별
어느 곳에선

지구별
어느 곳에선

오늘도 그분은 여전히 그 자리를 지키신다. 사거리 과일가게와 채소가게 사이에 붙박이처럼 앉아 계신다. 몸의 일부가 되어버린 유모차의자에 앉아 고요하게 정면을 바라보신다. 신호등을 건너오는 사람들이 곁을 지나갈 때는 조금씩 의자를 움직여 길을 열어주는 모습도 그대로다. 이젠 이런 그림이 자연스러운지 지나가는 그 누구도 의식하지 않는 듯하다.

아흔이 다 된 그분은 대추나무집 아래층에 혼자 사신다. 나는 그분에 대해 아는 것이 별로 없다. 이웃으로 지낸 지 십수 년도 더 되었지만 누가 다녀가는 걸 본 적이 없다. 궁금하지만 그래선 안 될 것 같다는 생각이 들어 여직 아무것도 물어보질 못했다. 언젠가부터 날마다 건널목에 나와 앉아 있는 걸 보면 아마도 사람이 그립거나 누군가를 기다리는 듯하다.

나는 그분을 볼 때마다 조그마한 자기 별에 앉아 지는 해를 바라보는 어린 왕자가 떠오른다. 자리를 조금씩 뒤로 옮기면서 오가는 행인들을 지켜보는 그분에겐 바깥의 모든 것들이 마냥 바라보고 싶은, 애틋한 무엇인지도 모르겠다. 날마다 자기 별을 지키고 앉아 먼 별들을 생각하시는 듯, 무슨 꿈을 꾸시는 듯, 이미 시간이나 속도 같은 것은 잊으신 것 같다.

자식을 기다리는 늙은 엄마들의 모습이 저럴까. 불편한 자신의 시간을 조금씩 옮기며 고독하게, 아프게, 그리움을 견디는 게 엄마라는 자리일까. 기다리는 것이 어디 자식뿐일까만 쓸쓸히 흘러내리는 그분의 눈빛에서 집 떠난 자식들을 먼저 떠올리게 되는 것은 나도 엄마이기 때문이다.

사랑이 없으면 기다림도 없다. 기다림은 삶을 버티게 하는 힘이기도 하다. 기약이 없어도 기다리는 동안은 희망으로 설레게 된다. 지구별 어느 한쪽에선 바람이 불거나 창문만 덜컹거려도 바깥을 내다보며 누군가를 기다리는 사람들이 있다. 돌아가 안길 그들이 있어 또 어떤 발걸음들은 안심하고 세상을 누빌 수 있지 않을까.

"고마 올라가입시다. 먼지가 너무 심합니다. 저랑 같이 집으로 가시지요."

그분은 집처럼 고향처럼 앉아 내 재촉을 합죽한 웃음으로 받으신다. 하지만 아직은 일어설 기색이 없어 보인다. 마주칠 때마다 나는 늘 같은 말을 건네고 그분은 늘 따뜻한 미소를 보내신다. 오늘도 기다리는 이는 오지 않았나 보다. 땅거미가 내리고 있는데. 창문마다 곧 불들이 켜질 터인데.

웃는
연습

          앞에서 둘째 줄 객석에 소녀가 앉아 있다. 갓 핀 꽃송이를 닮았다. 어머니와 귓속말을 나누면서도 시를 읽는 내게서 눈을 떼지 않는다. 무대에서 내려가는데 한쪽 손바닥을 쫙 편 채 내가 지나가기를 기다리고 있다. 나는 소녀의 손바닥을 짝, 하고 쳐주었다. 따뜻한 전율이 전해졌다. 환하게 소녀가 웃었고 나는 손가락 하트를 날렸다. 소녀도 작은 손가락으로 답장을 보내주었다. 우린 그렇게 행복을 나누었다.

  지인 중에 유독 웃을 줄 모르는 이가 있다. 그늘진 얼굴은 늘 어둑했고 자주 한숨을 쉬었다. 나는 그녀에게 웃는 연습을 시켰다. 눈부터 웃기, 입꼬리 끌어올리기, 앞니가 좀 보이게 웃기. 하지만 오랜 세월 굳어버린 표정은 잘 펴지지 않았다. 꾹 다문 입, 우는 듯 웃는 듯 어색한 표정. 나도 한때 그랬었다.

  아프면 자신도 모르게 '아야야' 소리가 나온다. 찡그리는 것은 저절로 나오는 내면의 말이다. 잘 웃지 못하는 이들은 자신만의 상처에 깊이 함몰되어 있을지도 모른다. 스스로 그 늪에서 벗어날 수 있는 마음의 근력을 키워야겠지만 누군가 도와줘야 하는 일이기도 하다.

  자연스럽게 우러나오는 표정이 아름답다. 마음이 평온하면 저절로 환해진다. 웃는 일은 참 단순해지는 것이다. 나는 혼자 웃는 연습을 많이 했다. 웃다 보니 웃을 줄 알게 되고, 웃는 모습이 좋다고들 하니 더 웃게 되고, 내가 편안해지니 더 환하게 입꼬리를 올렸다. 어느 순간 나를 짓누르고 있던 무게가 가벼워졌다는 것을 알았다. 나도 모르게 내 안의 상처들이 치유되고 있었던 것이다.

생각은 말을 만들고, 말은 행동을 만들고, 행동은 습관을 만들고, 습관은 운명을 만든다고 했다. 그러니 벗이여, 웃자. 우리 아픈 곳곳에 고인 울음일랑 다 쏟아내고 그 자리 텅텅 비우자. 버릴 것은 버리고 잊을 것은 잊고 행복하기 위해 우리 새해엔 더 다정하게 웃음꽃을 터뜨리자.

사랑의
각도

        SNS에 누가 올린 흑백 사진 한 장이 시선을 확 끌어당겼다. 온통 물색 고운 가을 사진들이 난무하는 철이라 흑백 사진은 신선하기까지 했다. 산자락에 암자인 듯 앉은 작은 기와집이 보이고 그 암자를 향해 구불거리는 길가에 가지 많은 나무들이 늘어서 있다. 지극히 평범한 사진인데 왜 이토록 나를 사로잡는 것일까. 천천히 살펴보니 나무들도 암자도 심지어 산자락까지 모두 아래쪽 연못의 둥근 파문을 향해 고요하고 깊게 기울어져 있는 게 아닌가.

  사진을 찍은 이의 의도에 의해 그럴 수도 있겠지만 중심을 향해 약간의 기울임을 줌으로써 사진 속 풍경은 보는 이를 설레고 두근거리게 만들었다. 햇살 앞에 속을 드러낸 꽃들처럼, 물 쪽으로 온몸을 수그린 수양버들처럼, 산기슭을 두드리며 소곤거리는 물결처럼, 산 너머로 날아가는 저녁 새 떼처럼. 믿음이 없다면, 설렘과 두근거림이 없다면, 어떻게 분별의 경계를 무너뜨릴 수 있겠는가.

  언젠가 어느 모임에서 한 지인이 자신의 사진을 보면 전부 남편 쪽으로 머리가 기울어져 있더라며 깔깔거렸다. 함께 있던 우리는 남편이 자석인가 보다고, 자기가 더 많이 좋아하나 보다고, 까르륵거렸다. 하지만 돌아와 앨범을 꺼내 보니 나 역시 대부분의 사진 속에서 곁에 있는 사람 쪽으로 비스듬하게 몸을 기울이고 있는 게 아닌가. 부정할 수 없는 마음이 그렇게 찍혀 있었다. 정겨운 끌림이었다.

누군가를 향해 기울어질 줄 아는 이들은 정이 많다. 따뜻해 보여서 기대고 싶고 속내를 풀어놓고 싶다. 어쩌면 그들은 알게 모르게 누군가의 그리운 고향이 되어가는 것이다. 울어본 사람이 타인의 울음을 다독일 줄 알 듯, 자신을 맡겨본 사람이 타인을 맡을 줄도 안다. 어깨를 내줘도 기댈 줄 모르는 이가 어찌 자신의 어깨를 내줄 줄 알겠는가.

가끔 길을 걷다 보면 사진을 좀 찍어줄 수 있겠냐고 셀폰을 넘겨주는 사람들이 있다. 대개는 동행이 있는 이들이다. 나는 흔쾌히, 그들을 이쪽저쪽으로 옮겨대며 주문을 한다. 유쾌하게 뒤집어놓는다.

"자, 연달아 여러 장을 찍겠습니다. 가장 편안하게, 마음 가는 대로, 좋아하는 사람을 바라보며, 하나, 둘, 셋!"

순식간에 그들의 속내를 들춘다. 아름답고 어여쁜 기울기를 만들어준다. 먼 훗날 그 기울기가 사랑의 각도였다는 걸 알게 되리라 믿으며.

복주머니를
채우며

은행은 아직 문을 열지 않았다. 자동 코너에서 볼일은 대충 봤지만 창구에서 해결해야 할 일이 있어 닫힌 셔터 문 앞에 섰다. 문이 열리려면 아직 20분이나 남았다. 명절 연휴 하루 전이라 순식간에 모여든 사람들이 네 개의 줄을 만들었고 줄은 문밖까지 길어졌다.

기다리는 일은 20분도 너무 길다. 연신 시계를 들여다보며 더디 흐르는 시간을 견디는데 옆줄에 서 있던 어르신이 가까이 와보라고 손짓을 한다.

"뭐 하나 보여줄게요."

그분은 자신의 바지 주머니에서 뭘 꺼내든다. 빨간 복주머니다. 배가 볼록하다. 엄마의 유품 속에 들어 있던 빨간 복주머니. 그 반도 안 되는 작은 것이다. 내 쪽으로 몸을 기울이더니 목소리를 낮추고 천천히 또박또박 얘기한다.

"이게 꽃줌치라는 것인데 비상 지갑이라. 아주 급할 때, 목숨까지 위태로울 때 열어 쓰는 것이래요. 나이 들면 갖고 있는 지갑 말고 이런 것 하나 더 지니고 다녀야 해요. 없으면 꼭 하나 준비하이소."

진지하게 나를 쳐다본다. 이걸 어디에 어떻게 차고 다니나. 속으로 중얼거리는데 내 속을 읽었는지 그분은 다시 낮게 속삭인다.

"저승사자한테도 통하는 주머니래요. 호신용. 각종 지폐를 신권으로 몇 장씩 넣어놨어요. 선물도 많이 했고요. 꼭 빨간 걸로 사요."

순간, 확신에 차서 웃고 있는 그분이 꼭 엄마 같다. 늘 빌빌거리는 내 걱정으로 잠시 현신하셨나. 나는 눈물이 그렁그렁해지는 속을 들킬까 고개를 끄덕이며 내 것뿐만 아니라 선물할 데를 이미 손꼽고 있다.

"선한 영향이네요. 고급스런 지갑보다 꽃줌치에서 꺼내 주고받을 때 할머니나 엄마가 연상되어 저승사자도 쉽게 데려가지 못하겠어요."

우리는 서로 바라보며 소리 없이 웃었다.

시장에서 꽃줌치 몇 개를 샀다. 지폐 한 장씩 넣었다. 자신은 물론 갑자기 누군가 위급할 때 이 복주머니를 연다는 것, 생각만으로도 든든했다. 뭐 어떤가, 이런들 저런들. 올 한가위는 뜻밖에 부적 같은 꽃줌치를 채우고 나누는 것으로 즐겁고 풍요로웠다.

우산
이야기

아침부터 먹구름이 몰려오더니 비가 제법 많이 쏟아졌다. 전철역에 도착했을 때 우산을 준비 못한 이들이 출입구에 서서 빗줄기가 약해지길 기다리거나 몇몇은 비속으로 달려 나가기도 했다.

내 앞에 가던 중년의 남자분이 쓰고 온 검은 우산을 접더니 출입구 한쪽 구석에 세워두고 들어간다. 누구든 쓰고 가라는 뜻이다. 나도 우산의 빗물을 털어내고 비 쏟아지는 바깥을 걱정스레 내다보고 서 있는 한 어르신께 들려드렸다.

"쓰고 가세요. 비 맞으면 감기 듭니다. 전 이제 필요 없습니다."

어리둥절해하며 그분은 우산을 받아 들었다.

"고맙습니다."

인사를 하며 빗속으로 나가는 어르신을 보고서야 나는 안으로 들어갔다. 전철역 바닥이 젖은 발자국들로 축축했다.

언젠가 나도 그랬다. 갑자기 쏟아지는 비를 피해 어느 집 처마 밑에 서 있을 때 대문 밖에 세워져 있는 우산 하나를 발견했다. 덕분에 비를 맞지 않고 집으로 돌아온 적이 있다.

그날 이후 갑자기 비가 쏟아지는 날이면 나도 대문 밖에 우산 하나를 세워둔다. 우산은 주인이 따로 없다. 필요한 이에게 들려지면 그가 바로 새 주인이 된다. 그래서 우산은 잃어버렸다 하지 않고 필요한 이를 위해 거기 둔 것이라 생각한다.

나는 외출할 때 늘 양산 겸 우산을 접어 가방에 넣고 다닌다. 여행을 할 때도 마찬가지다. 이젠 누가 씌워주는 우산을 기다릴 때가 아니지 않는가. 자신은 물론 타인을 위해 우산을 준비하고 펼쳐줘야 할 나이가 된 것이다.

누구나 한 번쯤 느닷없이 쏟아지는 비를 맞으며 우왕좌왕했을 때가 있었을 것이다. 그때 누군가 다가와 씌워주는 우산 속에서 얼마나 고마웠던가. 지금도 빗속으로 걸어가는 내게 우산을 펼쳐준 한 청년과 대학생이 문득문득 떠오른다.

삶이 그렇다. **다 젖은 채 차가운 빗길을 달려본 적 있는 사람들은 안다. 빗물인지 눈물인지 모를 아픔을 쏟아내 본 적 있는 이들은 언제 어디에서든 힘들어하는 이들을 위해 우산을 펼쳐주거나 건네줄 수 있다.**

누군가에게 들려 보낸 우산들은 또 다른 이에게 넘겨져 소나기를 피하게 해줄 것이다. 펼치고 나눌 게 어디 우산뿐이겠는가. 누구에겐 소소한 것도 누구에겐 생명을 가르는 일이기도 하다.

사달이
났다

　　　　　　　　　　나는 왼손을 조금 쓸 줄 아는 오른손잡이이다. 숟가락은 왼손을, 젓가락은 오른손을 사용한다. 김치를 버무리거나 나물을 무칠 때는 꼭 왼손으로 한다. 글씨는 오른손으로, 칼질과 가위질도 오른손으로만 가능하다. 다리는 어떤가. 깨금발은 오른발로 콩콩 뛰어야 든든하고 나무자세를 할 땐 왼다리가 훨씬 더 안정적이어서 오래 버틴다.

　전체적으로 보면 오른쪽이 좀 더 강한 것 같은데 자세히 들여다보면 좌우 하는 일이 반반인 것 같기도 하다. 아니 좀 더 정확하게 말하면 늘 상호보완의 관계라는 게 맞는 말이다. 한쪽이 주도적으로 일을 시작할 때는 다른 쪽이 적극적으로 그 보조역할을 한다. 한 손이 무슨 일을 해보려는데 다른 손이 모른 척하거나 딴죽을 거는 날엔 영락없이 탈이 나기도 한다.

　어느 날 아침 일어나는데 오른쪽 어깨가 심하게 아팠다. 잠을 잘 못 잤나 하고 예사로 생각했는데 며칠이 지나도록 팔을 움직이기 힘들었다. 앞쪽으로 손을 쓰는 일엔 별 문제가 없는데 위로 올리거나 뒤쪽으로 돌리는 데 한계가 생겼다. 뒷짐을 지거나 옷을 입고 벗는 데 많이 불편했다. 그러다 보니 매사에 웅크리게 되고 시도 때도 없는 통증으로 일상이 힘들어졌다.

나는 대체로 유연하고 균형 감각이 좋은 편이라고 스스로 믿었다. 한쪽이 약하다 싶으면 다른 쪽으로 받치며 중심을 잡아왔다고 생각했다. 하지만 은연중에 어느 한쪽을 더 믿고 더 썼거나 혹은 소홀해서 무심히 방치했던 게 틀림이 없다. **한쪽이 부실할 때 달래고 받쳐줄 다른 쪽이 없다면 어떻게 중심이 서겠는가. 중심이 사라지면 다 무너진다.**

결국 사달이 났다. 며칠 전부터 버티고 있던 왼쪽 어깨도 따라 시큰거리기 시작한다. 의료진들은 하나같이 운동을 권한다. 일이 아닌 제대로 된 운동만이 굳어가는 몸을 부드럽게 살려낼 수 있다는 것이다. 그동안 나는 알게 모르게 어느 쪽으로든 기울거나 혹사시켰던 게 분명하다. 다시 유연해져야 한다. 정형외과와 한의원과 통증클리닉을 번갈아 다니며 통증과 타협 중이다.

나이 들면서 힘들어지는 것들이 조금씩 생기는데 그중 하나가 부드럽게 균형을 잡는 일이다. 몸이든 마음이든 쉽게 흔들리거나 넘어지지 않기 위해선 중심 근육을 잘 키워야 한다. 한쪽이 무너지면 다른 쪽도 무너지는 법이다. 나는 요즘 균형이란 이름으로 내 아픈 양편을 살살 꼬드기는 중이다. 조화만이 상생의 길이니까. 우린 한 몸이니까.

나의
수많은 당신께

"뭐 고맙다는 말을 그리 마이 하노."

오랜만에 안부 전화를 해준 후배와의 통화를 끝냈을 때 곁에 있던 이가 혼잣말처럼 중얼거렸다. 아마도 내가 통화를 하는 동안 연신 고마워, 고마워했나 보다. 전화해줘서 고마워. 고마워. 전화를 끊으면서도 분명 그랬을 것이다. 언제부턴가 나는 '고맙다'라는 말을 입에 달고 산다. 거의 은둔 수준인 나를 잊지 않고 찾아주고 불러주니 얼마나 고맙고 고마운 일인가.

사실 '이 나이 먹도록' 내 곁에 존재하는 것들이나 더불어 일어나는 일들에 대해 별 생각 없이 당연하다 여기며 살았다. 다들 그러려니, 굳이 말을 안 해도 통할 것이려니, 사는 게 바빠서, 뭐 그저 그냥 그렇게 무심히 지냈는지도 모른다. 마음에야 늘 있지만 제때 표현을 못 하는 성품도 문제다. 몸이든 마음이든 된통 앓아보면 살아 무언가를 할 수 있다는 것만으로도 고마울 따름이란 걸 절절하게 느끼게 된다.

어떤 티비 프로그램에서 한 출연자가 학창시절 방황하던 자신을 바르게 끌어주고 밀어준 스승에게 고마움을 노래로 바쳤다. 진정성이 녹아든 그의 뜨겁고 애절한 노래에 나는 가슴이 먹먹하였다. 생각해보면 지금의 나를 있게 한 모든 날, 모든 시간, 모든 사람들

24

이 다 고맙다. 바쁘거나 한가하게 하루를 보내고 포근한 잠자리에 드는 것도, 날마다 무사히 아침을 맞이할 수 있다는 것도, 그저 고맙고 고마운 일이다.

느닷없이 들이닥칠 이별의 그날, 조금 덜 후회하기 위해, 조금 더 홀가분하기 위해, 우리는 소소한 것들에도 지성껏 최선을 다하고 있는 것 아니겠는가. 오늘도 나는 식구들을 위해 집안일을 하거나, 담요를 뒤집어 쓴 채 글을 읽고 쓰거나, 드라마를 보며 웃고 울기도 한다. 사랑하는 이들에게 고마워, 고마워, 인사를 건네며, 이 세상 것들을 보고 만지며 즐길 수 있다는 것에 무한히 감사한다. 다시, 새해다. 나의 수많은 당신, '고맙소 고맙소 늘 사랑하오.'

어떤
역사는

찬바람이 골목을 쓸고 간다. 부지런한 사람들이 사는 집엔 이미 창문마다 불이 반짝거리고 부엌에선 달그락거리는 소리가 담장을 넘는다. 목욕 가방을 들고 아직은 어둑한 새벽 골목을 더듬거리며 돌아나가는데 멀리 가로등 아래 어른거리는 두 사람의 그림자가 보인다. 가까이 다가갈 때까지 그들은 두런두런 서로를 바라보며 잡은 손을 놓지 못한다. 내가 낮은 헛기침을 하며 지나갈 때도 그들의 긴 배웅은 끝나지 않는다.

어깨에 연장 가방을 멘 노인이 어디 먼 곳으로 출장을 떠나는 듯하다. 추위가 닥쳐오는 시기에 홀로 남겨둘 늙은 아내 걱정으로 발걸음이 떨어지지 않는 모양이다. 이 추운 날 낯선 곳으로 노동일을 떠나는 늙은 남편이 안쓰러워 아내는 또 잡은 손을 놓지 못하는 게다. 나는 천천히 골목을 빠져나가며 몇 번이나 뒤돌아본다. 얼마나 따뜻하고 아름다운 그림인가.

결혼 초 그는 늘 정시에 퇴근을 했고 나는 그 시각에 맞춰 서툰 밥상을 차렸다. 어느 날 귀가 시간이 넘어도 그가 돌아오지 않아 골목 끝까지 마중을 나갔다. 구멍가게 불빛 너머 어둑한 담벼락에 누가 기대서 있는데 그 사람이었다. 캄캄했지만 단박에 그를 알아보았다. 어쩌면 그의 어깨가 들썩거렸는지도 모르겠다. 부를 수도 다가갈 수도 없어 한참을 바라만 보다 그냥 돌아섰다.

아무 일 없었던 것처럼 그는 돌아왔고 나도 그를 보았단 사실을 말하지 않은 채 우린 밥숟가락을 들었다. 무슨 일이 있었던 것이 틀림없다. 나이 어린 상사에게 닦달을 당했거나 그만두고 싶단 생각이 들 만큼 힘든 일을 겪었을지도 모른다. 동료들과 술 한 잔으로 마음을 풀 시간도 없이 혼자 기다릴 아내를 위해 서둘러 돌아오다 집 근처에서 터졌을까. 지금까지 그 연유를 알 수 없지만 그날 캄캄했던 그의 뒷모습은 살아오는 동안 나를 단단한 아내로 만들어주었다.

가끔 참 아름다운 노부부를 만난다. 상대의 보폭에 맞춰 천천히 걷거나 서로를 바라보며 조용하게 웃는 그들을 보면 가슴이 뜨뜻해진다. 저들이라고 어디 꽃길만 걸었겠는가. 도중에 포기하고 싶거나 혼자 엎드려 울었을 시간이 왜 없었겠는가. 반세기는 족히 넘었을 그들의 동행을 보면 '노부부'란 말은 쉽게 이루어진 역사가 아닌 것 같다. 지극히 겸손하고 다정하게 엮어온 역사는 언제 어디에서 어떤 페이지를 들춰도 감동이다.

우열이 아니라
다름이다

겉모습만 보고 속을 짐작하거
나 판단해버리는 사람들이 있다. 일부만 보고 전부를 다 안다고
하는 것은 얼마나 어리석은가. 어쩌다 맞아떨어질 수도 있겠지만
만약에 잘못된 판단이라면 그 결과에 대해 어찌할 것인가. 돌이킬
수 없는 실수로 상대는 물론 본인에게도 큰 상처가 될 수 있기 때
문이다.

어떤 이는 자신에게 보내오는 책에 약력을 줄줄이 써놓거나 작
품이 마음에 들지 않으면 바로 쓰레기통에 버린다고 했다. 제대로
작가 정신을 갖추어 글을 쓰고 책을 내라는 뜻일 것이다. 하지만
쓰레기통에 직진시켜 전부를 쓰레기로 만드는 일 말고 방법은 없었
을까.

오래전 모 작가의 상가에 갔을 때다. 퇴근 후 늦은 시간이라 조
문객으론 평론가 한 분뿐이었다. 자연스럽게 동석을 했고 시에 대
한 얘기가 오갔다. 내 시는 아직 일천하다 했더니 '시는 누가 누구
보다 잘 쓰고 못 쓰는 것이 아니라 개성'이라 했다. 평소 내 들꽃론
을 생각하며 공감했다.

들꽃들은 어느 하나 특별하지 않은 것이 없다. 크면 큰 대로 작
으면 작은 대로 향기도 다르고 색깔도 다르고 피는 철도 다 다르

다. 스스로 자리 잡은 곳에서 방향을 잡고 자신의 속도대로 피고 진다. 꽃시장 꽃들과 비교될 이유가 없다. 주눅이 들거나 좌절하지 않아도 된다.

그 작가만이 가진 개성 넘치는 작품을 알아보는 독자들은 얼마든지 있다. 귀하고 천한 것은 없다. 한 사람의 역사를 라면 냄비받침으로 만들든 쓰레기통으로 직진시키든 그것은 개인의 취향이고 안목일 뿐이다. 보이는 것이 다가 아니다. 어수룩한 옷을 걸쳤다고 속까지 어수룩할까.

의인은 언제 어디에서 어떤 모습으로 나타날지 아무도 모른다. 무엇을 얼마나 어떻게 보아내느냐에 따라 진면목을 볼 수도 지나칠 수도 있다. **줄 세우기 좋아하는 세상, 그러거나 말거나 스스로 일어서고 격려하며 자신만의 세계를 만드는 산천의 독특한 들꽃들이여. 창작은 우열이 아니라 다름이다.**

꽃담

골목 안에서 웅성거리는 소리가 퍼진다.

"바깥담에 납작 달라붙어 크는 풀은 뽑아야지."

"에헤이, 그냥 두어도 괜찮네요."

노부부가 실랑이를 벌이는 중이다. 오래된 담은 깊은 금이 나 있고 그 틈새에 들앉은 풀들이 노랑, 분홍, 보라, 각양각색의 작은 꽃들을 피우고 있다. 풀들이 자리 잡으며 담이 갈라졌는지, 이미 갈라진 틈새에 풀씨가 날아들었는지, 담과 풀은 서로 얼싸안은 채 다정한 듯, 저릿한 듯, 하나가 되어 처연하다.

지나가던 이웃들도 기웃기웃 한 마디씩 거든다.

"자꾸 갈라지다 보마 담이 무너질 수도 있으이 뽑아내야 된다카이."

"요 작고 이뿐 것들을 우째 뽑아내노."

결국 현실과 감성 사이에서 절반은 뽑히고 절반은 살아남아 잠깐의 소란은 일단락되었다. 덜 핀 꽃망울을 매단 풀들이 뽑혀 떨어지는 동안 풀물이 좀 든 담은 갈라진 제 속내를 드러낸 채 구부정하게 서 있을 뿐, 골목엔 약간의 비릿한 풀냄새가 번졌다.

나는 뒷전에서 잠시 머뭇거리다 그냥 발길을 돌린다.

담은 많이 외로웠나 보다. 저리 제 속을 갈라 풀들을 품은 걸 보면. 날아오는 새들도 담 위에 잠깐 앉아 재재거리다 가고, 바람도 비도 햇살도 그저 좀 두드리다 지나가지 않는가. 다 떠나버리지 않는가. 발붙여 머무는 것들이 없잖은가. 그러니 적막강산인 처처에 뿌리 내려준 풀들이 고마워 담은 스스로 제 몸을 갈라 오래 붙잡고 싶었는지 모르겠다.

풀은 또 혼신을 다해 꽃을 피웠을 것이다. 올 추석 연휴는 대부분 오도 가도 못한 채 엉거주춤 보내고 있다. 세상을 뒤덮은 역병 때문에 대부분의 이웃들도 가족을 만나지 못한다. 그렇지 않아도 적적한 어르신들은 자식들이 얼마나 그립고 보고 싶을까.

새삼 담과 풀꽃의 관계를 생각하며 골목을 서성거린다. **외로운 만큼 무언가를 품기 위해 우리도 알게 모르게 제 안을 가르고 있을 것이다. 누군가 다가와 허허로움 가운데로 뿌리 내려주기를 바랄 것이다.** 그렇게 생의 적막한 골목에서 꽃담이란 이름으로 조금씩 무너지고 있을 것이다.

한결같은
결을 헤치면

SNS 이웃 중 한 분은 평범하기 그지없는 사진들을 올린다. 덧붙인 짧은 글에서 무엇인가를 숨겨놓은 듯한 느낌을 풍기지만 그러지 않더라도 너무 평범하면 의도된 무엇이 있나 더 보게 된다. 숨은그림찾기 하듯 사진을 훑는다. 그러다 가로수 가지와 가지 사이에 자라고 있는 외로운 눈동자를 만나거나 숲 속의 바위에서 막 빠져나오는 짐승을 만나기도 한다.

평범한 돌을 깎아 부처님을 만드는 어느 석수장이는 이미 돌 속에 부처가 들어 있어 그냥 그 부처를 드러나 보이게 했을 뿐이라고 했다. 전통 목공예가인 내 사촌 아우 역시 평범한 나무에서 물고기, 부엉이, 거북이, 꽃, 사람 등 그 어떤 것이든 뽑아낸다. 세상 만물에는 또 다른 무엇이 내포되어 있어 그것을 알아채는 사람에 의해 새 생명을 얻게 된다.

평범은 비범을 내포하고 있다. 다른 무엇인가를 찾으려는 이에게 평범은 이미 평범이 아니다. 하지만 거기 무엇이 있어도 보려고 하지 않으면 안 보인다. 일상 속 보통의 것들에서 특별한 것을 찾아내는 일은 숨은그림찾기 그 이상의 재미나 즐거움이 있다. 이미 너무도 익숙해진 것들이라 생각지도 못했던 것을 발견한 기쁨이 크다.

몽골에 갔을 때다. 가이드가 커다란 바위를 가리키며 거북바위라 했다. 나는 다르게 봤다. 아래위 포개진 돌은 한 주검 위에 엎어져 절절하게 얼굴을 부비는 한 사람이다. 떠난 연인을 기다리다 병든 여자. 뒤늦게 달려온 사내가 숨을 놓은 여자에게 엎어져 오열한다. 미안하다, 사랑한다, 천년만년. 나는 내 식으로 전설을 썼다.

삐딱한 시각 앞에 완결은 없다. 거북바위는 얼마든지 다른 이름으로 바뀔 수 있고 새 전설을 만들어 낼 수 있다. 끝, 하고 누군가 페이지를 닫았다 하더라도 다시 보면 비집고 들 틈이 보인다. 미완의 덕이라고 할까. **뛰어나거나 색다른 게 없다고 기죽어 있는가 당신. 한결같은 결을 헤치면 거기 특별한 당신을 만날 수 있을 텐데.**

외로움을
견디는 일

마트에서 물건을 고를 때였다. 스피커를 통해 익숙한 노래가 흘러나왔다. 모 방송국 노래 경연대회에서 우승을 한 남자 가수다. 갑자기 눈물이 나왔다. 한동안 그 자리에 멈춰 노래가 끝날 때까지 서 있었다.

그 얘기를 어디에선가 했더니 누가 그런다. 외로워서 그렇다, 우리가 지난 일 년을 얼마나 힘들게 살았나, 느닷없는 역병으로 모든 게 뒤틀리고 사람들과 만나지도 못하니 눈물이 나지 않겠느냐. 참고 참았던 내 외로움이 터진 것이다.

최근 어느 기사를 보니 미국 어디에선 외로운 이들을 위해 '소 껴안기' 체험을 한다고 한다. 대기 순번이 석 달 뒤까지 예약이 되어 있단다. 한 시간에 74달러라는 적지 않은 돈까지 지불해가며 외로웠던 시간을 그렇게라도 치유하고 싶었던 것일까. 사진을 보니 한 여인이 자신의 다리 위에 머리를 얹은 채 잠든 소의 목덜미를 어루만지고 있다.

유럽에서는 '동물 껴안기'를 이미 오래전부터 해왔다고 하니 인간의 외로움을 동물로부터 위로받는 기쁨이 큰 듯하다. 지난 일 년 동안 나는 그나마 주 1,2회 하던 일조차 하지 못하고 집 안에만 들어 앉아 있었다.

이젠 이 생활이 익숙해져 오히려 바깥나들이가 힘들 정도다. 보든 안 보든 밤낮 티비를 틀어놓고 웅웅거리는 사람 소리에 안심한다. 골치 아픈 뉴스나, 뻔한 드라마, 그게 그거인 예능일지라도 보고 들으면 나 혼자가 아니라는 위로를 받는다.

마트 한쪽에 서서 촉촉하게 흘러나오는 노래 한 곡에 눈물샘이 터져버린 그날 이후 **나는 자주 '나'를 생각한다. 그동안 외롭고 힘들었던 시간을 풀어놓고 눈물로든 웃음으로든 씻고 닦고 다독여준다. 그렇게 오늘도 살아 있음에 감사한다.**

사는 일은 누구에게나 외로운 것이고 혼자 그 외로움을 견디는 일 아니겠는가. 견딘다는 말까지 견디며, 또 어떻게든 살아봐야 한다. 스스로 치유의 방법을 찾아내 조금씩 치유를 해가며.

누군가의
별이 된다는 것

'친구야, 잘 지내지? 나는 어제는 오세암에서 일박, 오늘은 봉정암에서 일박하게 되었네. 은은한 염불과 목탁 소리에다가 총총한 별빛을 보니 네가 생각나네(방긋).'

고향 친구가 보내준 메시지이다. 어여쁜 풍경 사진 몇 장과 함께 온 친구의 메시지는 한동안 나를 즐겁고 행복하게 만들었다. 하지만 나는 고마운 만큼 미안했다. 별을 보면서도, 달을 보면서도, 눈부시게 피고 지는 꽃들을 보면서도, 친구 생각을 못 했기 때문이다.

가장 아름다운 순간에 누군가를 생각한다는 것은 그만큼 마음속에 그 사람을 들여놓고 있었다는 뜻이 아닐까. 그렇다면 이 친구는 내가 별을 좋아하는 것을 알고 있었고, 주먹만 한 별들이 쏟아지는 곳에서 내 생각을 했고, 나를 불러주었던 것이다. 아, 나도 누군가의 총총한 별이 될 수 있구나. 그리움이 될 수 있구나.

사실 나는 누군가를 알뜰살뜰 잘 챙기지 못한다. 막내로 태어나 주변에서 챙겨주는 것만 받아서인지, 마음엔 있어도 표현을 잘 못하는 성정 때문인지, 어색하게 주춤거리다 때를 놓치기 일쑤다. 하지만 마음에만 있다고 해서 상대방이 알겠나. 어떻게든 표현을 해야지.

요즘은 지인들의 이름을 가끔 불러본다. 안부 메시지를 먼저 보내기도 하고 손수 찍은 사진들을 첨부하기도 한다. 내게 별이고 달이며 꽃인 사람들. 보이지 않는 그들의 힘으로 나는 세상을 버티며 살아내고 있다. 잠깐이라도 웃고 즐거워하는 것이다.

바람 속으로 우수수 떨어지는 꽃잎을 보면서도, 덜컹거리는 창문 소리를 들으면서도, 통증으로 끙끙거리면서도 나는 이제 외롭지 않다. 쓸쓸하거나 우울해하지 않는다. 어둠이 짙을수록 빛이 강한 법이다. 별은 가장 어두운 곳에서 가장 밝게 빛나지 않는가.

내가 누군가의 별이 될 수 있는 것처럼 나도 누군가를 별이라 부르자. 그들의 외롭고 힘든 길에 어깨동무를 하자. 어둠 속으로 쏟아지는 별들은 참 아름답다. 타인의 사랑으로 내가 빛나듯, 내 사랑으로 타인을 빛내며, 서로를 별로 만들어주자. 별이란 이름으로 세상의 구석을 향해 반짝거리자.

너무 오래
기다리게 하지 마이소

아름다운 전원에서 노후를 보내고 싶어하는 사람들이 많다. 한때 나도 그랬다. 퇴직을 하게 되면 산 좋고 물 맑은 곳에 가서 살자는 게 꿈이었고 온통 전원생활 생각뿐이었다. 발 빠른 지인은 퇴직도 하기 전 아담한 집을 구해 가끔 벗들을 불러 작은 연회를 열기도 했다.

이웃해 살면 외롭지도 않고 서로 보살펴가며 좋지 않겠냐고 지인 부부와 희희낙락 주말만 되면 어울려 산수 좋은 곳을 훑고 다녔다. 그러길 무려 6년. 어느 날, 그날도 몇 개의 마을을 살피고 내려오는 길이었다. 요기할 곳을 찾다가 천변에 있는 식당엘 들어갔다.

시골 여느 식당과 다를 게 없는 집이었다. 수더분하게 생긴 주인 아주머니와 시골 밥상, 뭐 하나 특별할 게 없었다. 한 시간쯤 머물고 일어설 때 멀찍이 앉아 이야기를 섞던 주인아주머니가 따라 나왔다. 넓은 마당을 지나 형식적으로 달아놓은 듯한 대문을 막 나올 때였다.

"너무 오래 기다리게 하지 마이소."

나는 그 인사말을 듣는 순간 얼마나 다정하고 따뜻한지 돌아서 걸음을 뗄 수가 없었다. 돌아보고 돌아보며 그곳을 떠나왔다. 그 이후 우리 부부는 가까운 곳에 주말농장을 하는 걸로, 지인 부부는 그동안 보았던 한 곳을 정해 정착했다. 더는 그 식당에 갈 기회가 없어졌다.

한적하고 소박한 시골 풍경은 물론 그 식당 안주인의 인사말이 문득문득 생각난다. 일부러라도 찾아가 보고 싶은 곳이다. 십수 년이 지난 지금도 푸근하게 자리를 지키며 같은 인사말로 누군가를 설레게 하고 있을까. 다시 찾아올 걸음들을 기다리고 있을까.

이후 나는 이 인사를 자주 쓴다. 물론 그 마음도 진심이다. **누군가를 기다린다는 것은 즐거움이고 행복이다. 하지만 너무 오래 기다리면 사랑도 믿음도 지치게 된다. 지치면 시들해진다.** 그 마음 식기 전에 불러주고 상기시켜줘야 한다. 먼 당신, '너무 오래 기다리게 하지 마이소.'

자식이라는
이름

주거래 은행에서 문자 메시지가 날아왔다.

'최근 해외발신번호로 **신용(체크)카드로 해외 승인되었다는 가짜 피싱 문자가 무작위로 발생되고 있습니다. 고객님께서는 절대 전화하지 마시기 바랍니다.'

그동안 나도 여러 번 가짜 피싱 문자를 받았다. 그럴 때마다 순간 놀라긴 했지만 별일은 없었다. 이렇게 주의를 줘도 여전히 속는 사람들이 많은 것을 보면 그들의 속임수가 얼마나 지능적인지 알 수 있다.

오래전의 일이다. 어느 날 엄마가 오셨는데 늘 끼고 있던 반지며 목걸이 등 금붙이들이 하나도 안 보였다. 그러고 보니 뭔가를 숨기는 듯 내 눈길을 자꾸 피하며 엉뚱한 얘기를 했다. 뭔 일이냐고, 다 어떻게 했냐고 놀라 물었더니 한동안 더듬거렸다.

길을 가는데 갑자기 승용차 한 대가 멈춰 서서는 "아드님이 다쳐 병원에 실려 갔습니다" 하며 빨리 차에 타라고 하더란다. 급히 수술을 해야 하는데 돈이 있어야 한다며 끼고 있던 금붙이는 물론 지갑 속 돈 몇 푼까지 다 빼앗고는 낯선 길바닥에 내려놓고 순식간에 달아나더란다.

'자식'이라는 가장 아픈 이름으로 흔드는데 넘어가지 않을 '엄

마'가 세상 어디 있겠는가. 이것저것 따지고 머뭇거릴 시간이나 있었겠는가. 잘못되어서는 절대로 안 된다는 마음으로 가진 것들을 다 털어주었을 것이다. 나는 아무 말 못 하고 잃어버린 것들을 해드렸다.

밖에서 돌아올 때 엄마는 늘 무엇인가를 들고 왔다. 받아 들여다보면 비닐봉지엔 주로 못났거나 시든 채소류들이 들어 있다. 왜 이런 시들고 못난 것들을 사오냐 핀잔을 주면 "그 할마씨 마수걸이도 못 했다 안하나. 그래서 마수해주었지. 그 할마씨, 떨이를 못 해 집에도 못 간다 카네, 그래서 샀지." 늘 이런 식이었다.

때론 속아서, 때론 속는 척, 늘 자기 지갑을 털었던 엄마. 나는 아직 그 어떤 것도 엄마만큼 못한다. 그 자리 그 형편이 되어봐야 알게 되는 것들이 있다. 자식을 키우는 사람은 함부로 큰소리도 쳐선 안 된다고 생전에 엄마는 늘 그랬다. 맞다. 내 잘못이 자식에게 미칠까 봐 늘 조심하는 게 부모다.

세상에 부모 없는 사람이 어디 있겠나. 자식이 잘못된 길을 가는 걸 좋아할 부모가 어디 있겠나. 우린 누군가의 자식이며 부모이다. 자식으로서의 도리를 다 못 했더라도 부모로서의 도리라도 잘 하자. 얼음 위를 걷듯 늘 조심조심 걸으며, 알게 모르게 지은 죄를 살피며, 속죄하며.

매화가
지는 날

오래전 어느 고가의 뜰에서 정결한 매화나무 등걸을 만난 적이 있다. 허공에 비스듬히 기댄 나무의 가지마다 흰 눈을 소복소복 인 꽃송이를 달고 있었다. 무심한 매화나무 곁에서 서성거리며 나는 한 번도 본 적 없는 옛사람의 기운을 느꼈다.

대청 앞 뜰 아래 매화나무를 심고, 매향을 맡으며 글을 읽고, 매화꽃 흩날리는 그림을 그렸을 어떤 이의 기품을 생각했다. 언젠가는 내 뜰에도 매화나무를 심고 겨우내 설중매를 피우리라 작정했다.

작은 오두막을 장만하고 맨 처음 한 일이 매화나무를 심는 일이었다. 해마다 매화가 필 때면 달려가 매향에 젖던 광양에서 청매 묘목 두 그루를 내 뜰의 한쪽으로 모셔 왔다.

나무는 조금씩 동녘을 향해 가지를 뻗으며 단단하게 자랐다. 해마다 긴 겨울을 지나온 꽃들을 잊지 않고 터뜨려준다. 눈이 귀한 남녘이라 설중매는 보기 힘들지만 청매는 그 자체로도 서늘하고 색이 맑아 품격이 달라 보인다.

올해는 매화가 아주 많이 피었다. 지난달부터 가지마다 터지기 시작하더니 절정을 이루었다. 담 너머 골목으로까지 향기가 번져 간혹 지나가는 이들이 걸음을 멈추고 바라보거나 흩날리는 꽃잎을 받아 품기도 한다.

매화는 피면서도 지면서도 결코 그 향기를 팔지 않는다. 아무리 힘들고 고달파도 쉽사리 자신을 놓거나 버리지 않는 사람처럼. 내 삶의 절정 구간을 매화나무 곁에서 보냈으니 내게서도 매향이 나길 은근하게 바라본다.

며칠째 비 뿌리고 바람이 분다. 이 시끄럽고 어두운 밤을 지나고 나면 세상의 맑은 아침이 열리겠다. 다정하고 따사로운 햇살이 퍼지겠다. 차갑고 긴 겨울을 건너온 매화가 다 지기 전에 세상의 음지마저 사랑할 줄 아는 벗들을 부르고 싶다.

이런 날엔 오래 묵힌 술병을 따는 것도 괜찮을 듯하다. 그때 그날처럼 술잔에 꽃송이를 띄워놓고 설중매처럼 고결한 당신과 함께 매화의 일생을 나눌 수 있기를, 그런 세상이 다시 열리기를 기원한다.

볼 붉은
너

해마다 꽃들이 터지고 드문드
문 열매가 맺긴 했다. 하지만 대개는 익기도 전에 시들거나 떨어졌
다. 올해도 무심하게 지나다녔는데 무성한 잎사귀 사이로 붉은 것
들이 불쑥불쑥 나타난다. 제법 많이 열렸다. 이제 내 키만큼은 된
나무 곁에 서서 은근하게 익어가는 열매를 들여다본다. 나무야, 오
얏나무야, 낮게 부르며 우리만 아는 얘기를 나눈다.

십여 년 전 지인이 자두나무 분재 하나를 건네주었다. 나는 사실
분재를 별로 좋아하지 않는다. 자르고 비틀고 조인 조그만 나무가
봄이면 꽃을 피우고 잎이 돋았다. 그때마다 인간의 흔적이 너무 깊
이 닿아 있는 것에 늘 미안했다. 이게 나무를 아름답게 하는 것이
라면 너무 가혹하고, 사랑이라면 사랑에 대해 잘못 알고 있는 것이
아닐까.

그렇게 두어 해 두고 보다가 어느 날 작정하고 화분을 엎었다.
속이 후련했다. 생긴 대로 쭉쭉 뻗으며 멋대로 살아봐라. 매실나무
와 앵두나무 사이에 심어주었다. 해마다 조금씩 키도 키우고 가지
도 쭉쭉 뻗으며 자신의 평수를 늘려갔다. 많이 굽어 뒤틀린 것은
원래대로 돌아가진 않지만 그래도 기지개를 켜는 듯 시원스럽게 보
였다.

나무는 분재가 되기를 원치 않았을지도 모른다. 어느 낮은 언덕에 자리를 잡고 누군가의 그리움이 되고 싶었을지도 모른다. 잘리고 비틀리고 꺾인 채 도시의 아파트 좁은 발코니에서 얼마나 갑갑했을까. 박수를 치는 사람들을 위해 애써 속 아픈 미소를 흘리며 견뎠을까. 나무의 속내를 짐작이나 하며 바람 부는 바깥으로 옮겨 준 뒤 잊었다.

감겨 있던 철사를 벗겨주고 좁은 화분에서 벗어나게 해준 것만으로 내 할 일은 다 했다. 어떻게 살아내는가는 순전히 자두나무에 달렸다. 어느 종이든 환경에 따라 생존 방식이 달라진다. 절벽의 바위를 뚫고 자라는 소나무나, 척척한 물속에서 흔들리는 갈대나, 뜨거운 사막에서 꽃을 피우는 선인장도 그들이 택한 환경에서 나름의 방식대로 잘 살아내지 않는가.

인간이 간섭만 하지 않으면 자연은 스스로 자신의 세상을 만들어가는 고수들이다. 사람도 자연의 일부일 뿐이다. 누가 누구에게 무엇을 함부로 할 수 있단 말인가. 구름을 밀어내며 햇살이 뜨겁다. 굽었던 허리를 펴고 자유롭게 향기롭게 속속들이 너를 익히고 있는 자두야, 볼 붉은 너의 이름을 부르며 여름이 온통 화끈거린다.

비가
그치면

비가 온다. 연이틀 추적거리는 비는 덜 핀 꽃들을 재촉하려는 건지, 다 핀 꽃들을 그만 데려가려는 건지, 그칠 줄을 모른다. 흐릿한 풍경 속으로 제 색깔을 맡기고 처연하게 흔들리는 꽃나무, 저 꽃송이들 사이 불룩하게 솟은 것, 저것은 무엇일까. 나무가 키운 혹인가. 바람에 날아오르다 걸린 비닐봉지인가. 온몸 다 젖은 채 꼼짝도 하지 않는, 아, 검은 새로구나.

어느 섬엔 날지 않는 새가 산다고 한다. 땅 위에 먹이가 많으니 날아오를 필요가 없다 하던가. 그래서 날개가 무엇인지, 어떻게 쓰는지 잊은 걸까. 새이면서 새가 아닌 새는 서식지를 걸어 다니며 만족해하는데 바라보는 이들이 안타까워하는 걸까. 스스로 포기했든, 잊었든, 날지 않는 날개는 슬퍼 보인다.

욱신거리는 팔다리로 기어 다니며 마루를 닦고 있을 때 한동안 소식이 뜸하던 후배에게서 메시지가 왔다.

'우리 마스크 끼고 안경 끼고 만나 수다 좀 떨까요?'

마스크란 말과 수다라는 말이 갑자기 나를 깨운다. 하지만 나는 날개를 접고 비에 젖는 새처럼, 나는 법을 잊은 새처럼, 걸레를 든 채 멍하게 바깥을 내다본다. 언제쯤 우리의 일상이 맑게 개일까.

'타 지역보다 벚꽃이 빨리 피는 부산, 코로나 19 확산 방지를 위

해 꽃놀이를 자제해주시기 바랍니다.'

오늘도 광역시에서 '안전안내문자'를 보내왔다. 아, 꽃놀이란 말도 있다. 그럼 그렇지. 일터에도 못 나간 게 달포는 넘었는데 뭔 꽃놀이. 바깥이란 말도 잊은 지 오래되었다.

여전히 비는 아프게 질척거리고, 꽃나무 위의 새는 움직일 줄 모르고, 꽃보다 더 붉은 바이러스는 세상의 날개를 퇴화시킨다. 그래도 포기하지 말자. 난다는 것은 절박함이기도 하지만 희망이기도 하잖아. 슬기롭게 이 난국을 이겨내자. 어떤 식으로든 날개를 다듬고 있어야지. 곧 비가 그치면 창공이 열릴 테니까.

아름다운
실패

문이 잠겨 있다. 지하로 내려가는 통문은 폐쇄된 채 안쪽이 컴컴하다. 입구 벽에 낯익은 딱지는 그대로 붙어 있는데 무슨 일인가. 그동안 예사로 지나쳤다. 전화를 하니 몇 블록 아래로 이사한 지 제법 되었단다. 새 가게 출입문 유리에는 처음부터 써오던 간판 이름이 정겹게 붙어 있다. 유동인구도 많고 다른 가게들도 많아 원원이 될 수 있겠다.

집으로 가는 길목에 수선집이 생긴 게 몇 년 전이었다. 비어 있던 작은 공간의 문이 열려있기에 들어갔더니 젊은 여인이 미싱 앞에 앉아 있었다. 처음엔 수선을 맡긴 옷의 태가 나지 않았다. 하지만 늦은 시간 지나갈 때면 불빛과 함께 새어나오는 미싱 소리가 따뜻했다. 아빠와 아이들이 와서 도란거리는 모습은 더 정겹고 어여뻤다.

그러던 어느 날 근처 건물 지하로 자리를 옮겼다. 갑자기 가게를 비워야 할 사정이 생겨 급하게 옮겼다고는 하지만 컴컴한 지하엔 그 수선집밖에 없었다. 한낮에도 너무 으슥했다. 정작 본인은 아무렇지도 않은 듯 일감을 들고 환했다. 그렇게 몇 해 지나지 않아 반듯하게 밖으로 나앉은 것이다. 좁은 곳에서 넓은 곳, 지하에서 지상, 비탈에서 평지로.

한쪽 벽에는 이전처럼 실패들이 그득 꽂혀 있다. 그 숫자가 대충 세어도 이 백은 넘는 것 같다. 수량도 많아졌지만 실의 굵기와 색깔도 더 세분화되었다. 일감이 다양해졌거나 수선이 섬세해졌다는 뜻이겠다. "아이구, 그게 뭐라고 찍어요." 폰을 들고 꽃 같은 실패들을 찍어대는 나를 보며 그녀가 웃는다. "마술정원!" 나도 웃는다.

자신을 넘어뜨리는 것도, 일으켜 세우는 것도 자신이다. 수선 가능한 실패들을 준비하고 있으면 언제 어디에서든 희망을 재생시킬 수 있을 것이다. 실패한 바짓단이든 흘러내리는 마음이든 접고 자르고 박고 다독이다 보면 감쪽같이 수선되지 않을까. 재생된 것들은 독창적이며 매력적이다. 당신, 지치셨다면 근처 수선집을 찾아보시라.

초겨울에 띄우는 서한

산 너머 호수에 왔습니다. 한 며칠 추적거린 겨울비에도 수위가 높아졌는지 왜가리들이 수면을 차고 상류로 날아갑니다. 산 그림자를 품은 채 그 깊이를 알 수 없는 호수는 어떤 것에도 침묵하겠다는 듯 고요합니다. 마음이 복잡하거나 무엇인가에 몰입하고 싶을 때 저는 이곳에 옵니다. 잔잔한 물의 파동은 헝클어진 머릿속이나 마음 가닥을 정갈하게 헹궈 제자리에 앉혀줍니다.

메타세쿼이아 나무들이 깊은 색을 입고 서 있군요. 붉음도 아닌 것이 그렇다고 노랑도 아닌 것이 호수의 물빛과 어우러져 주변을 참 편안하게 만듭니다. 첨탑처럼 하늘로 쭉쭉 뻗어 올라간 이 이국적인 나무 아래 서서 겨울을 건너가는 오묘한 잎들을 바라봅니다. 광채가 사라진 색은 그 자체로 비경이 됩니다.

어제는 당신 꿈을 꿨습니다. 너무 오래 잊고 있었던 것 같습니다. 세상일이 바빠서도 아니고 잊어야겠다 마음먹은 것도 아닌데 당신이 찾아오고서야 깜짝, 당신의 오랜 부재를 기억해냈습니다. "먹고는 있나?" 허둥거리는 저를 눌러 앉히며 부엌으로 들어가는 당신. 왜 언제나 밥걱정부터 하시는지요. 갈라터진 손가락마다 찬 뜨물을 가두고 당신은 여전히 저의 밥인 것입니까.

50

그날, 그 겨울, 동행도 없이 홀로 서릿발을 밟으며 낯선 곳으로 떠나신 당신은 지금 어디쯤 걸어가고 계신지요. 뒤돌아 뒤돌아보며 가셨을 당신, 나무에도 풀에도 바람에도 별에도 겹겹이 걱정을 묻어놓고 떠나셨을 당신. 이별 후의 난리법석은 얼마나 가소롭습니까. 사랑한다, 미안하다, 돌아오라, 가지 마라, 뒤늦게 뒹굴고 오열하는 것은 누구를 위한 애도입니까.

항우울제에 기댔던 한동안의 시간들로 당신을 잃은 슬픔을 대신했다고 용서를 구할 수 있겠습니까. **남은 사람은 살아야겠다고 밥도 먹고 잠도 자고 노래도 부르고 춤도 춥니다. 옷도 사 입고 화장도 하고 미용실에도 갑니다. 미안하고 미안합니다.** 곁에 있을 때 한 번도 해보지 못했던 말, 이제야 엎드려 쓰는 이 어리석음을 어찌해야 합니까.

한 무리 여인네들이 산허리를 돌아오는군요. 걷다가, 섰다가, 사진을 찍다가, 고개를 젖히고 웃어대는 저들은 매우 자유롭고 평화로운 풍경을 만듭니다. 어디에서 와 어디로 가고 있는 것일까요. 배경인 듯 선경인 듯 어른거리는 장면 뒤편으로 자꾸만 지워지는 당신을 부릅니다. 보 고 싶 습 니 다.

2부

스며들기
좋은 방

스며들기
좋은 방

다락이란 공간은 항상 나를 달뜨게 한다. 오래 묵어 추억이 된 물건들이 있고 그곳에서 만날 수 있는 색다른 풍경이 있기 때문이다. 지붕 바로 밑에 위치해 집에서 가장 높은 곳인, 방도 아니고 창고도 아닌 공간. 그곳에 올라가 내다보는 바깥세상은 땅에서 보는 것과는 사뭇 다른 맛이 난다.

부엌의 위층에 있는 다락방은 안방을 통해야만 들어갈 수 있다. 엄마만 드나들던 곳의 문을 열고 처음으로 계단을 밟아 다다른 방. 천장이 낮고 바닥이 넓은 그곳에서 많은 것들을 만났다. 대대로 내려오던 집안의 묵은 물건들. 아버지 형제들과 오빠 언니의 성적표나 상장들. 꿀단지와 곶감 상자와 피문어와 마른 오징어.

다른 세상에 든 듯 궤짝들의 묵은 침묵을 두드리고 들추며 들락거리다 그마저 시들해져 바닥에 누웠을 때, 비스듬히 아래를 향해 있던 천장의 서까래들, 작은 봉창을 통해 들어오던 희미한 빛. 그늘을 닮은 빛을 따라 꾸물꾸물 기어가 내다보던 바깥은 아, 그동안 늘 보아오던 그런 세계가 아니었다.

이미 경계가 되지 못한 토담이며 이집 저집을 매달고 도란거리는 고샅. 손으로 꺾어 부채로 흔들고 싶은 신작로의 미루나무. 마을 앞으로 펼쳐져 사철 우리를 불러내던 앞산. 한 마리 살찐 뱀처럼 구불구불 산모퉁이를 돌아가는 강. 모두 신선한 한 장 그림이었다.

　그렇게 **세상은 어디에서 보느냐, 시선의 높이와 각도에 따라 딴 판이 되기도 하였다. 그것들이 사람을 들썽거리게 한다는 것도 깨닫게 되었다.** 어느 날 불쑥, 자신의 안을 들킨 그때 그 다락방은 지금도 가끔 나를 불러들인다. 은밀한 공간이 주는 심리적인 효과가 크게 작용했을 수도 있다.

　아파트에 살다가 주택으로 옮길까 하고 보던 집에서 나를 붙든 것도 다락방이었다. 2층 거실과 주방 사이로 난 나무계단을 밟고 오르면 동쪽으로 창이 나 있는 아담한 방. 많이 지치거나 힘들 때 스며들어 가만히 누워만 있어도 내 안과 밖이 치유되는 방. 수십 년이 넘도록 나는 이 작은 공간을 들락거리며 위로를 받는다.

오일장이
키우다

장이 서는 날은 수업이 끝나자마자 장터로 달려갔다. 그곳엔 세상 진기한 것들을 다 모아놓은 듯했다. 여기저기 기웃거리지만 내가 오일장에 달려가는 이유는 따로 있었다. 각설이 마술사, 어쩌다 오는 가수들을 만나는 재미가 컸다. 그곳엔 학교나 책에서 볼 수 없는 것들이 있어 좋았다.

구경꾼의 콧김만 받아 넣으면 아무것도 없던 검은 주머니에서 통통한 달걀이나 비둘기가 나오는 약장수의 마술, 북이나 장구를 치며 질펀하게 쏟아내는 엿장수의 각설이타령. 가설무대에서 「빨간 구두 아가씨」를 부르는 남자 가수와 「마포종점」을 부르는 자매 가수를 처음 만난 곳도 장터다.

한바탕 공연이 끝나면 그들은 구경꾼들 앞에 자신들이 갖고 온 물건들을 내어놓는다. 약이든 엿이든 두 손 가득 들고 나타나면 앉거나 서서 즐기던 사람들은 주저하지 않고 주머니를 연다. 분위기에 취해 다 털리고도 허허 웃으며 한동안 자리를 뜨지 못한다.

매주 출강을 가는 곳 근처에 오일장이 선다. 어쩌다 날짜가 서로 맞아 떨어지면 출퇴근길에 장을 한 바퀴 돈다. 예전 장터만큼 흥은 못하지만 교복을 입고 장바닥을 돌던 그때 그 시절을 더듬으며 엿도 사고 잔치국수도 먹는다. 백화점이나 대형 마트를 이용할 때완 다른 즐거움이다.

"에헤이, 쪼매마 더 쓰이소."

"아따 마, 좀 깎아주이소."

파는 사람도 사는 사람도 막걸리 기운이 불콰하게 도는 얼굴들이다. 덤으로 좀 더 주거나 좀 덜 받아도 괜찮다는 표정들. 오일장은 밀고 당기는 흥정 맛이다. 언뜻 보기엔 살벌한 싸움터처럼 시끌벅적하지만 가만히 보면 따뜻한 정들이 오가는 곳이다. 채우고 비우며 넉넉해지는 곳이다.

장바닥에선 보이는 것 들리는 것 모두 사람을 들뜨게 한다. 살아 꿈틀거리는 기운이 흐른다. 불어대는 바람마저 추임새가 된다. 바닥을 최상의 자리로 달구는 민초들의 힘이 뜨겁기 때문 아닐까. **장터에서 삶을 눈치챘고, 나를 알아챘으니 오일장은 또 다른 내 스승이 아니고 무엇이겠는가.**

든든한
추억

산책로 옆에 작은 자전거 한 대가 서 있다. 하얀 몸체에 빨간 안장이 인상적이다. 예쁘구나, 기웃거리고 있을 때 한 무리 자전거 동호인들이 휙휙 지나간다. 일곱, 여덟, 아홉, 열, 열하나. 나는 그들의 활력 넘치는 뒤태를 한참 바라보며 세다가 발길을 옮긴다.

산책로를 걷다 보면 나란히 붙어 있는 자전거 도로로 신나게 질주하는 라이더들을 자주 만난다. 머리부터 발끝까지 비슷한 차림새라 누가 누구인지, 연령대는 물론 남녀 구분도 잘 안 되지만 하나같이 건강한 기운을 뿜어낸다. 주중에 저렇게 자유롭게 달릴 수 있는 저들의 여유와 젊음이 부럽다.

내가 자전거를 처음 배운 때가 열대여섯 살 무렵이었던가. 그때 읍내에선 자전거를 타는 여자애들이 더러 있었지만 시골에서 자전거를 탄다는 건 쉽지 않을 때였다. 자췻집 친구의 자전거 뒤에 앉아 휙휙 들판을 가로지르며 달릴 때 얼마나 좋았던가.

나는 자전거를 타고 싶었다. 햇살 속으로 페달을 밟아 강변길을 지나, 산모퉁이를 돌아, 보이지 않는 먼 곳까지 달려가는 것은 얼마나 설레는 일인가. 가다가 지치면 아무 곳에나 자전거를 눕혀놓고 드러누워 흐르는 구름을 바라볼 수 있다면. 하지만 자전거도, 타는 법을 가르쳐줄 사람도 없었다.

그해 여름, 시집 간 언니를 찾아갔더니 식구들 모두 외출 중이었다. 마당에 서 있는 형부의 자전거가 눈에 띄었다. 나는 자전거를 끌고 경사진 신작로를 찾았다. 좀 두려웠지만 기회는 지금밖에 없다는 생각으로 적당한 오르막을 찾았다. 동네에서 조금 비켜난 곳이어서 다행이다 싶었다.

가장 높은 곳에서 내리막을 향해 자전거를 세우고 올라탔다. 오른발을 간신히 페달에 올려 밟았다. 움직였다. 비틀거렸지만 재빨리 다른 쪽 페달에 왼발을 올려 중심을 잡았다. 넘어지지 않았다. 자전거가 앞으로 굴러갔다. 페달을 밟지 않았는데도 빠르게 내려갔다.

그날 나는 종일 경사로를 오르내리며 넘어지고 미끄러져 내게도 자전거에도 상처를 남겼지만 기어이 달렸다. 페달을 밟는 법도 브레이크를 잡는 법도 터득하였다. 훗날 드라마나 영화를 통해 비틀거리는 자전거를 잡아주는 아버지와 연인들의 모습을 보며 잠깐 서러웠다.

"꽉 잡아야 해. 놓지 마."

"알았어. 잡고 있으니 안심하고 밟아."

누군가 잡고 있다는 믿음과 잘 해낼 거라는 믿음이 합해져 두 바퀴는 새 세상을 향해 부시게 달려간다. **조금만 도와주면 쉽게 성공할 수 있겠지만 혼자서 해내는 기쁨도 크다. 좀 외롭고 힘들어도, 어떤가. 상처의 흔적은 질겨 때로 든든한 추억이 되기도 하는데.**

보물함을
열 때

아이들 서넛이 조잘조잘 걸어온다. 한 여자애가 들고 있던 작은 분홍 통 뚜껑을 열더니 친구들의 이야기를 손바닥으로 받아 담는다. 고개를 젖히고 까르륵거린다. 마스크 속 목젖이 떨고 있겠다. 아마도 반세기쯤 세월이 흐른 뒤 저 아이는 오늘 저장해둔 저 어여쁜 기억을 꺼내 행복해할지도 모르겠다. 추억은 대개 보물이 되니까.

일곱 살 어린 나이로 초등학생이 되었을 때 동급생들은 대부분 나보다 한두 살 위였다. 그들은 어리고 약해빠진 나를 그들의 사회에 쉽게 끼워줄 생각이 없었던 것 같다. 그들은 동적인 놀이로 와르르 까르르 몰려다녔고 나는 대부분 그들 밖에서 혼자 조용했다.

수업이 끝나면 아이들은 책 보따리를 허리에 묶고 달렸다. 그들은 왜 그렇게 앞만 보며 달렸을까. 처음 몇 번은 영문도 모른 채 따라 달리다 어느 날 나는 그들의 대열에서 빠졌다. 힘도 들었지만 달리는 일이 크게 의미가 없다는 걸 알았기 때문이다.

혼자가 된다는 것은 외롭고 겁나는 일이지만 얻는 것도 많다. 풀꽃, 바람, 구름, 강물과 같은 자연과 교감하는 법을 자연스럽게 알게 된다. 꿈을 꾸듯 얘기하고 들으며 무엇인가를 만들고 그리고 쓰는 법까지 터득하게 된다. 그것이 창작이고 예술이라면 이미 그때 나는 그 기쁨을 알았다.

어느 날 귀갓길에 한 친구가 다가왔다. 반갑게 웃으며 나는 이야기보따리 하나를 풀었다. 이후 곁으로 오는 아이들이 늘어났다. 나는 재미있는 이야기꾼이 되었다. 주워들은 것, 책에서 본 것, 자연의 현상들을 겪으며 알게 된 것들로 채워진 내 보물함은 항상 열릴 준비를 하였다.

나는 내게 닥친 세상에서 내가 원하는 꿈을 꾸는 소녀였다. 다른 사람들이 잘 모르는 나만의 세계를 만들고 채우는 당돌하고 순정한 숙녀를 거쳐 이제는 완숙기에 들었다. 수많은 삶의 구간을 지날 때마다 나는 환호했고, 그런 나를 스스로 토닥거리며 대견하다 멋지다 칭찬하며 늙어간다.

누구에게나 자기만의 보물함이 있을 것이다. 적시적소에서 채우고 풀며 생의 마디를 엮을 때 더욱 풍요롭고 지혜로워질 것이다. 그동안 내게로 와 보물이 되어준 '천지만물'과 수많은 '그들'이 고맙다. 모두 나를 키우고 지지해준 벗이며 스승이다. 그때나 지금이나 나는 보물함을 채우고, 열고, 나눌 때 가장 행복하다.

하모니카를
닦으며

바닷가에서 후배와 함께 차 한 잔을 나누고 돌아오는 길이었다. 도시전철 안은 퇴근 시간과 겹쳐 붐비기 시작했다. 그때 뒤쪽에서 느릿느릿, 그러나 애절한 노랫소리가 다가왔다.

"해는 져서 어두운데 찾아오는 사람 없어…"

묵직한 바리톤 색깔이었다. 돌아보니 노래를 부르는 남자의 얼굴 위로 순간 굵은 십자가가 번쩍였다. 무슨 조화지? 두근거리며 다시 살폈다. 검게 그을린 얼굴의 이마와 코, 턱, 양쪽 볼에 흉터가 나 있고 불빛을 받아 반짝거렸다. 상처가 만든 십자가였다.

"원 달러!"

홀린 듯 중얼거리며 지갑에서 천 원을 꺼내 남자의 작은 소쿠리에 넣었다.

"원 달러?"

후배도 따라 천 원을 넣었다. 남자는 우리 앞에 멈춰 서서 노래를 끝까지 불렀다.

"내 동무 어디 두고 이 홀로 앉아서…"

하마터면 남자의 곁에 나란히 서서 함께 노래를 부를 뻔했다. 그는 느닷없이 나를 흔들어놓은 별이었다.

해질 무렵이면 요즘도 잘 부르는 노래 몇 곡이 있는데 「형제별」

과 「고향 생각」, 「메기의 추억」이다. 절절하고 애틋한 곡들이다. 삼 남매 중 막내인 나는 나이 차이가 많은 오라버니와 언니의 사랑을 많이 받았다. 여름밤이면 우리 삼 남매는 마당에 평상을 펼쳐놓고 누워 쏟아지는 별들에 이름을 만들어 붙였다.

오라버니는 객지에 나가 공부를 했기 때문에 자주 볼 수는 없었 지만 방학 때면 언니와 나를 앉혀놓고 휘파람이나 하모니카를 불 어주었다. 20여 년 전 내 든든한 후원자였던 언니가 먼저 떠나더니 몇 년 전엔 오라버니마저 먼 곳의 별이 되었다. "날 저무는 하늘에 별이 삼형제…" 형제별은 이제 나 하나만 남았다.

불 줄도 모르는 하모니카를 하나 샀다. 아득한 오라버니의 하모 니카 소리를 소환해 음을 찾아 불어보지만 노래는 안 되고 눈물만 흐른다. **이탈한 음들 사이사이 그립고 아득한 이름들이 딸려 나와 나를 울린다. 그리운 것들은 늘 먼 곳에서 반짝거린다. 그렇게 우 리 형제별은 천상과 지상에서 서로를 비춘다.**

외출할 때나 여행할 때 가방에 하모니카를 챙겨 넣는다. 아직 어 디에서 꺼내 불어본 적은 없지만 어둠이 내리는 낯선 동네 어귀나 이국의 모래 언덕에 기대앉아 문득 꺼내 불지도 모른다. 서툴면 어 떤가. 노래가 좀 되지 않으면 어떤가. 오늘도 그리움은 별이 된 이름 들을 만지며 하모니카를 닦는다.

마음먹기
나름

"아들이 시험 치는 날인 줄도 모르고 아침에 미역국을 끓여줬어요. 어떡해요. 시험 망치면."

어느 날 지인이 울상을 지으며 못난 어미라도 된 듯 자신의 가슴을 쳤다.

"그동안 공부한다고 잠도 못 잤을 텐데 속이 확 풀렸겠어요. 미역국은 혈액을 맑게 하고 신진대사를 활발하게 해준대요. 아드님 낳고도 미역국 드셨지요. 스트레스 확 날리고 문제 잘 풀고 있을 겁니다. 믿고 기다려보세요. 딱 붙으라고 엿을 사준다고 하지만 '엿이나 먹어라' 이런 말도 있잖아요. 마음먹기 나름입니다."

내 얘기에 한시름 놓은 듯 얼굴이 환하게 펴졌다. 어미들 마음이 이렇다. 아이가 넘어져도, 어디가 아파도, 무슨 실수를 하거나 잘못을 저질러도 다 내 탓이라고 자신을 치는 게 어미 아닌가. 안 보이는 곳에서 속을 끓이는 어미의 걱정과 기원과 토닥임으로 아이들은 큰다.

아나나 다를까. 저녁에 전화가 왔다. 목소리가 밝다. 아들이 평소보다 시험을 더 잘 쳤는지 돌아와 기분이 좋더란다. 저녁에도 남은 미역국 한 그릇 뚝딱 먹어치우고 지금 편안하게 자고 있다며 고맙다고, 덕분이라고, 웃었다. 다행이다. 결과가 안 좋았으면 또 얼마나 자신을 파댔을까.

바쁘단 평계로 나는 아들에게 해준 것이 별로 없다. 다만 아침마다 등교하는 아들의 어깨에 손을 얹고 말했다. "우리 아들을 믿어. 오늘도 잘 해낼 걸. 현명하고 지혜로우니까." 믿는다는 말보다 더 큰 응원이 있을까. 서로 믿으며 미비한 구간에선 수정하고 보완했다. 앞으로도 그럴 것이라 믿는다.

우리가 겪는 대부분의 일들은 인생의 총량 중 일부일 뿐이다. 그 일부가 원하는 대로 되지 않았다 해서 실망할 필요는 없다. 수능의 긴 터널을 지나온 수험생들의 노고에 박수를 보낸다. 이젠 다음 구간을 선택할 때다. 길은 스스로 만들어 가는 것. 혹 잘못 든 길이라 해도 걱정 없다. 유턴, 좌우회전, 비스듬한 좌회전도 있지 않은가.

뜻밖의
손님

그때 그리 넉넉한 살림살이는 아니었지만 제사와 손님들이 끊이지 않았다. 엄마는 늘 여분의 밥과 반찬을 만들었다. 어느 날 허름한 옷차림의 늙은 사내 하나가 밥을 좀 달라고 주춤주춤 집 안으로 들어왔다. 엄마는 밥과 몇 가지 반찬을 올린 개다리소반을 대청에 앉은 그에게 내주었고 눈 깜짝할 새도 없이 그는 고봉밥 한 그릇을 뚝딱 먹어치웠다. 그러고는 머뭇거리며 어떤 일이라도 할 테니 거둬달라 작은 소리로 애원했는데 어투가 어디 먼 곳에서 온 듯했다.

어린 내가 보기에도 그는 너무 늙고 왜소했으며 때 묻은 손은 쩍쩍 갈라져 무슨 일을 해낼 수 있을 것 같지 않았다. 하지만 그날부터 행랑채에 터를 잡고 허술하게나마 새끼를 꼬거나 마당을 쓸고 나뭇짐을 져다 날랐다. 그의 밥그릇은 우리 집에서 젤 컸고 꾹꾹 눌러 담은 밥은 그릇보다 더 높이 올라갔다. 하지만 밥이든 반찬이든 단 한 번 남긴 적이 없다.

나는 가끔 멀리서 그를 맴돌았다. 새끼를 꼬거나 나뭇짐에서 꽃가지를 내밀 때도 그는 말이 없었다. 걸음은 느렸고 뒤뚱거렸다. 발가락이 한 개도 없는 듯 양말을 신은 발끝이 뭉툭했고 신발을 신으면 늘 끈으로 묶고 다녔다. 사람들이 보는 앞에서 한 번도 양말을 벗지 않아 그의 맨발을 본 사람은 아무도 없지만 우린 어림짐작을 했다. 전쟁터에서 날아갔을까, 떠돌다 동상으로 문드러졌을까. 하지만 아무것도 물어보지 않았다. 그해 겨울을 보내고 그는 어딘가로 다시 떠났다.

일전에 남편이 뭔가를 만들겠다고 어디서 구한 관솔 덩어리 두 개를 내놓는데 깜짝 놀랐다. 세워놓고 보니 영락없는 그의 발이었다. 어디로도 떠나지 못하고 오랜 세월 뭉치고 엉긴 채 조금씩 소나무의 옹이로 자랐을까. 발가락이 다 문드러진 그의 맨발이 아마 이랬을 것이다. 뜻밖의 손님은 잊고 있었던 수십 년 저쪽으로 순식간에 나를 끌고 갔고 나는 조금 아팠다.

"아무것도 만들지 말고 이대로 둡시다."

한 며칠 관솔 덩어리를 들여다보다 그냥 두고 싶었다.

"아니야, 뭔가로 다시 태어나게 해주자. 그도 그것을 원할 걸"

그의 이야기를 다 들은 남편은 이미 뭉툭한 두 발을 무엇인가로 부활시킬 생각을 해둔 것 같다. **이미 먼 세상 사람이 되었을 그의 발은 무슨 연유로 오랜 시간을 걸어 다시 나를 찾아왔을까. 한동안 나는 발에 대한 생각에 빠져 있을 것이다.** 숙제를 해야 할 아이처럼 날마다 내 안과 밖을 서성일 것이다.

감을
넘어

    나는 과일을 좋아한다. 밥 대신 과일만으로 끼니를 때우라 해도 즐겁게 그리할 수 있을 만큼. 이젠 철철이 쏟아져 나오는 과일들을 언제 어디에서나 골라 먹을 수 있다. 요즘은 외국산도 많지만 국내산에 먼저 손이 가는 것은 그만큼 입맛에 익숙해져 있기 때문일 것이다. 특히 감을 좋아하는데 떫은 감을 다양한 방법으로 숙성시켜 먹는 재미도 쏠쏠하다.

    고향에는 집집마다 감나무가 많았다. 간혹 단감나무가 있기도 했지만 주로 떫은 먹감나무였다. 우리 집에도 먹감나무가 몇 그루 있었다. 먹감은 대봉보다 작고 햇빛을 받은 껍질이나 속 일부에 먹물 같은 검은 물이 든다. 침시, 건시, 감말랭이, 홍시, 무엇을 만들어 먹어도 쫄깃하고 달달하다. 요즘엔 그런 먹감이 안 보여 아쉽다.

    먹감을 소금물에 담가 며칠 두면 떫은맛이 사라지고 단맛이 돈다. 침시다. 주로 소풍이나 운동회, 추석 즈음 감이 다 익지 않았을 때 담가 먹는다. 감이 익기 시작하면 무르기 전에 깎아 말린다. 저장성이 좋아 제수용이나 손님 접대용으로 좋은 곶감이다. 여러 조각으로 잘라 말려 먹던 감말랭이와 서리를 맞은 뒤에야 제대로 맛이 드는 홍시도 있다.

    요즘은 침시는 안 해 먹지만 곶감이나 감말랭이, 홍시는 해마다 준비한다. 홍시를 특히 좋아하니 올해도 잘 익은 대봉 몇 상자를 구할 것이다. 다락방에 신문을 깔아놓고 줄지어 펴놓으면 겨우내 찰진 홍시가 된다. 냉동고에 넣어두면 일 년 내내 아이스크림처럼 즐길 수도 있다. 달달한 홍시의 깊은 맛을 무엇에 비교할 수 있겠는가.

떫은맛은 그저 빠지는 게 아니다. 감이란 이름을 넘어 새로운 이름을 얻기 위해선 그만의 숙성 시간이 필요하다. 긴 기다림과 외로움을 견뎌야 한다. 엎드려 속속들이 내면을 익혀야만 자신만의 고유 명사가 된다. 그때 그 시절 고향이 가르쳐준 지혜다. 하지만 나는 아직도 떫은 물이 덜 빠진 것 같다. 가을을 지나 겨울에 들었음에도.

가득

"가득 채우지 왜 절반만 넣어요?"

계기판을 보고 있던 내가 셀프 주유를 하고 오는 그를 쳐다봤다.

"먼 길 가는 것도 아닌데 가득 채우면 차가 힘들어 해."

그는 웃으며 운전대를 잡았다. 어떤 것에도 별로 억압이 없어 보이는 그는 언제 어디에서 무슨 일이 닥쳐도 신중한 듯 그러나 쉽게 해결을 한다.

상급 학교로 진학하며 자취를 하게 되자 엄마는 나를 데리고 연탄 공장엘 갔다. 그때 외가는 연탄 공장을 했다. 넓은 마당엔 석탄이 동산을 이루었고 짐차와 리어카에 연탄을 싣는 사람들로 분주했다. 한쪽엔 완성 제품들이 쌓여 마르고, 기계는 바쁘게 연탄을 찍어대고, 실험용 화덕마다 불길이 타올랐다.

"누님, 생질녀 졸업할 때까지 연탄은 대줄 테니 걱정하지 마이소"하는 외숙의 말을 듣고서야 엄마는 집으로 가는 버스를 탔다. 곧바로 연탄 한 리어카가 내 작은 부엌 한쪽을 채웠다. 난생 처음 연탄불을 피웠다. 그날부터 연탄과 씨름하며 냄비밥도 해먹고 가끔 가스에 중독되어 희미해지기도 했다.

나는 지금도 공짜가 편치 않은데 어릴 때야 더하지 않았겠나. 연탄이 떨어져도 면목이 없어 외숙에게 얘기도 못하고, 바쁜 배달원들에게 부탁하기도 힘들었을 것이다. 시커먼 바닥을 보고서야 연탄을 실은 리어카를 직접 끌고 오거나 새끼줄에 몇 장씩 끼워오며 동네 녀석들 놀림은 또 어찌 감당했을까.

엄마는 몰랐다. 그때 내가 얼마나 힘들었는지. 다음 학기부터 친구와 함께 방을 쓰기로 했다. 모든 것을 공동으로 하니 연탄값도 반반씩 내어 당당하게 배달을 시켰다. 그때 연료에 대한 강박관념이 생겼는지 박봉에 돈을 쪼개 쓰던 신혼 때도 연탄 창고만은 꽉꽉 채워놓아야 마음이 편안했다.

욕심이 별로 없는 내가 연료통만은 가득 채우고 싶어하는 속내를 그는 알까. **이젠 기름값쯤은 걱정 안 하고 살 수 있지만 여전히 나는 그 부분에서만은 가득, 이란 말이 좋다.** 겨울이다. 아직도 연탄을 쓰는 곳이 있다. 티비는 연탄을 지고 올라가는 분들을 보여준다. 울컥, 마음이 뜨거워진다.

밥 좀 더
주이소

오랜만에 동네 돼지국밥집에 왔다. 이 집은 일 년 내내 24시간 문을 열어놓는다. '밥 더 드립니다. 국물도 더 드립니다. 맛있게 드시고 힘내세요.' 몇 년 전이나 지금이나 똑같은 글이 벽에 붙어 있다. 가격도 맛도 그대로다. 밥때든 아니든 이 집은 늘 사람들이 끓는다. 주머니 사정이 좀 안 좋아도 맘 편히 드나들 수 있는 집이다. 몸이나 마음이 허기질 때 나는 가끔 이 집을 찾는다.

"어서 오이소, 몇 분이십니까?"

문을 열자마자 반기는 목소리에 추위가 사라진다. 창 쪽에 자리를 잡았다. 열린 방안에선 계모임을 하는 듯 나이 지긋한 아지매들 대여섯이 시끌벅적하다. 국밥만큼이나 구수하고 뜨끈한 풍경이다. 티비를 등진 중년 남자 둘은 소주잔을 들고 얼굴이 달아오른 채 세상이 어떻고, 사람이 어떻고, 심각하게 서로를 꺼내 주고받는다. 들어보면 누구나 아는 뻔한 이야기들이지만 이 모습 또한 삶의 진경이 아니겠는가.

국밥은 내게 춥고 배고팠던 시절을 뜨뜻하게 채워준 고마운 음식이다. 어린 나이에 객지의 추운 자취방에서 혼자 지낼 때 장날이면 달려오신 엄마가 천막 식당으로 데리고 가 사 주시던 국밥. 도

시락도 없이 쫄쫄 굶다가 수업이 끝나자마자 장터로 달려가면 엄마가 못 오신 날에도 가끔 친척 어르신들을 만나 국밥을 얻어먹곤 했다. 가마솥에서 펄펄 끓던 시락국이 키운 나는 이제 누군가의 허기를 걱정하며 돼지국밥집에서 지갑을 열 수 있게 되었다.

왜 추억은 늘 허기를 동반하는가. 덜컹거리는 창밖을 내다보니 길 건너 맞은편에 붙어 있는 플래카드가 1층과 2층 사이에서 펄럭거린다. '실버연극단원 모집'이란 글을 보니 아마도 건물 지하에 있는 소극장에서 내건 듯하다. 연극? 갑자기 마음이 동해 셀폰을 열다가 그만둔다. **사는 일이 다 연극이고 세상이 넓은 무대인데 새삼 뭔 연기. 나는 이미 허기진 젊은 날을 뜨겁게 건너온 연륜 있는 배우 아니겠는가.**

"밥 좀 더 주이소."

내 지도를
펼치는 이도 있다

나는 길치에 방향치다. 그러다 보니 길을 찾는 데 최선을 다한다. 이미 길이라 이름이 붙은 것들이야 당연하지만 그렇지 않은 것들에서도 그들만의 길은 있다. 물, 불, 바람, 구름, 꽃들뿐만 아니라 길가에서 뒹구는 돌멩이의 작은 무늬마저 저들의 길을 만들어간다. 길은 스스로 열거나 닫지 않는다. 누군가 두드릴 때 열려 이름을 내어준다.

탯줄을 달고 나올 때부터 이미 두 발을 버둥거리며 길에 설 운명이었을까. 스스로 찾았든 어쩔 수 없이 걸었든 길 위에서 즐거웠고 아팠고 굳은살이 박이면서 자랐다. 내가 처음 만난 길은 학교 가는 길이었다. 어린 내 몸과 마음을 키워준 왕복 십여 리. 그 길을 걸어 학교라는 사회에 발을 들이고 내 세계는 놀랍게 확장되어갔다.

가장 무서웠던 길은 물길과 불길이었다. 비바람이 휩쓴 날이면 강가 사람들의 속수무책을 비웃듯 땅도 집도 가축들도 마구 휩쓸어가던 붉은 물길. 불길은 그래도 잡을 수 있었다. 불이야, 소리와 동시에 동네 어른 아이 모두 커다란 물통을 들고 달려 나왔다. 불난 곳에서 강까지 이어 서로 전해주는 물통들 앞에 어떤 불길도 무릎을 꿇었다.

느닷없이 만나는 막다른 길은 얼마나 황당한 이정표였던가. 부어오른 발바닥을 붙잡고 되돌아설 때 시간 낭비만 한 것은 아닐까 우려도 했다. 하지만 따지고 보면 어떤 길에서도 손해는 없었다. 길 중에 가장 잘 했다 싶은 길은 스스로 만들어갔던 길이다. 끊임없이 좌절하면서도 중도 포기를 않고 지금도 고뇌하며 확장해가는 꿈의 길.

내 숱한 발자국이 찍힌 길들에 감사한다. 엎어지고 깨지며 길을 만들어가는 동안 심신에 생긴 상처들에 감사한다. 이제는 길 위에서 헤매는 이를 만나면 무늬가 많은 내 길들을 보여주기도 한다. **왜 길 위에 섰고 어떻게 길을 찾아 헤매었는가. 열정만으로는 그릴 수 없는 지도. 한 걸음이라도 정확하게 떼야 한다. 어느 곳에선 미완인 내 지도를 펼치는 이도 있다.**

그래야 늘
그리웁지요

"그림 그리세요?"

걸음을 멈추고 그림들을 들여다보는 내게 그가 나직하게 물었다.

"아뇨, 그냥 좋아해서요."

내 말이 끝나기도 전에 그는 들고 있던 붓을 내려놓고 메모지에 펜으로 뭔가를 스스슥 그렸다.

"포인트만 그렸어요."

그가 내민 종이를 얼떨결에 받아들고 보니 모자와 긴 머리와 안경, 나다.

'미술의 거리'에 자리를 잡고 그림에 전념하는 그는 지역과 중앙의 일간지 신춘문예 출신의 동화 작가인데 지금은 글 대신 그림을 그린다고 자신을 소개했다. 건네주는 전단지를 보니 화가로서의 이력이 화려하다. 왜 글을 쓰지 않고 그림을 그리느냐 물어보고 싶었지만 말았다.

"그림, 그냥 좋아만 하세요, 그리려 하지 마시고."

내 마음을 읽었을까. 그는 이젤 앞에 앉아 다시 붓을 들며 말했다. 그의 옷과 손가락에 묻은 물감도 무슨 얘기를 하는 듯했다.

"네. 그럼요. 그래야 늘 그리웁지요."

희미하게 대답하며 그림과 문학에 대해 잠깐 생각했다. 어릴 적부터 나는 그림을 그리고 싶어했다. 특활반을 정할 때 미술반에 가고 싶다 했더니 담임 선생님께서 잠시 뜸을 들이다 하신 말씀은 의외였다.

"넌 일기를 잘 쓰니 문예부로 가라. 글은 종이와 연필만 있으면 된다. 그런데 그림은 돈이 많이 들어."

나는 선생님의 그 마지막 말씀에 기가 죽어 평생 그림 그릴 생각을 못 했다. 안 해본 것, 안 가본 길에 대한 아쉬움일까. 그리움일까. 문득문득 마음에 드는 그림 앞에서 걸음을 멈추거나 주저앉기도 하지만 이젠 그 해보지 못한 것들에 대한 미련이나 후회는 없다.

이루지 못한 첫사랑에 대한 막연한 그리움처럼 이 마음을 그대로 간직하고 싶다. 어쩌면 현실이 되었을 때 설렘이나 애틋함이 사라져버릴까 두려운지도 모르겠다. 하지만 **생각해보면 나는 이미 그림도 함께하지 않는가. 시는 언어로 그리는 그림이고 그림은 색으로 쓰는 시이니까.**

책을
기다리는 동안

　　　　　　　　　　　나는 온라인 서점보다 동네 서
점을 주로 이용한다. 주문 메시지를 보내면 빠르면 당일, 늦어도
3,4일 안에 어떤 책이든 구해준다. 변두리 동네지만 유치원부터 초,
중, 고에 대학까지 교육 시설이 많아서인지 예전엔 서점이 여러 개
가 있었다. 하지만 온라인 서점이 생기고부터인지 대부분의 서점들
이 문을 닫아 지금은 동네에 이곳 하나만 남아 있다.

　온라인 서점은 이용이 편리하고 10% 할인과 5% 적립까지 해준
다. 하지만 동네 서점에선 찾는 책이 대부분 없고 가격도 정가대로
다 주고 사야 한다. 그런 점이 동네 서점을 기피하는 요인일까. 우리
동네 서점 사장님은 오랜 단골인 나를 '멋진 양반'이라 부르고 나
는 몇 십 년째 힘들게 서점을 지켜가는 그분을 몹시 고맙게 생각한
다.

　"그만두시면 안 됩니다."

　나는 들를 때마다 부탁을 한다.

　"그럼요. 당연하지요. 운동도 열심히 합니다."

　고희가 다 된 그분은 환하게 웃으며 서점 한쪽에 놓여 있는 운
동 기구들을 가리킨다.

　"선물입니다. 누구에게 선물로 주든 팔든 마음대로 하세요."

나는 시집이 나올 때면 몇 권씩 들고 내려가 매대에 슬쩍 얹어놓는다. 하지만 그분은 잊지 않고 내가 산 책값에서 시집 판 값을 빼고 계산을 해준다. 미안하고 고맙다.

"시 많이 쓰이소."

가끔 어여쁜 공책과 연필도 몇 자루 쥐어주며 격려까지 해준다. 언제든 누구든 찾아오면 책보다 먼저 의자를 내놓고 따뜻한 차를 권하며 잠시 쉬어 가라 한다. 어디 그뿐인가. 건강 상식을 알려주거나 세상 돌아가는 얘기도 거침없이 들려주신다.

'멋진 양반, 경기도에서 어제 보내면 오늘 도착하는데 좀 늦습니다. 오는 대로 연락드릴게요. 조금만 참으면서 즐거운 시간 보내세요.'

독촉을 하지 않아도 주문한 책이 늦어지면 어디쯤 오고 있는지 메시지로 알려준다. 그동안 동네에 작은 도서관들이 여럿 들어서서 무료로 사용할 수 있지만 **나는 빌려 읽는 책보다 사서 읽는 책을 좋아한다. 줄도 긋고 낙서도 하며 천천히 다시 읽는 재미가 있으니까.** 무엇보다 동네 서점을 살리는 데 얼마간의 도움이 될 수도 있을 테니까.

자리의
무게

"말씀 낮추세요. 언니라고 불러도 될까요?"

꼬박꼬박 존칭을 쓰는 내게 어느 날 후배가 그랬다. 나는 아주 잠깐 머뭇거렸다.

"좋아" 하는 순간 진짜 언니가 되어야 한다는 부담감 때문이었을까. 상대적 관계에 의해 만들어진 위치는 그만큼 책임감도 따르기 마련이다. 나름대로 예의를 차려 배려한다고 해도 격의 없이 지내다 보면 자칫 오해도 생길 수 있고 돌이킬 수 없이 틀어지거나 소원해질 수도 있지 않겠는가.

막내의 자리를 누리던 나는 일곱 살에 고모가 되었다. '고모'라는 위치는 형제자매의 자리완 다르다. 엄마와 동격이니까. 싸워서도 토라져서도 안 된다. 언제나 너그럽게 양보하고 배려해야만 한다. 어린 내가 감당하기엔 너무 힘들고 무거운 자리였다.

그런 환경 탓이었는지 **나는 지금도 부르고 불리는 호칭에 대해 민감한 편이다. 그 호칭이 주는 무게를 가볍게 여길 수 없는 까닭이다.** 이런저런 인연으로 만난 이들 중에 '언니'나 '누나'라고 불러주는 분들이 더러 있다. 그들은 나이가 좀 더 많은 나를 그냥 친근하게 부르겠지만 불리는 나는 고마운 만큼 한편으로는 두렵기도 하다.

내게 '호형호제'는 혈육만큼이나 가까우며 믿고 아껴야 한다는 뜻이다. 어떻게 하면 좀 더 다정한 언니, 누나, 동생이 될까 즐거운 고민도 하게 된다. 하지만 생각과 달리 나는 관계에 대해 늘 서툴고 엉성하다. 동서고금의 소설이나 영화 속 영웅들을 보면 의형제의 의리가 친형제 못지않다. 그들의 의협심은 서로를 돌보고 지킬 뿐만 아니라 때로는 자신의 목숨까지 내놓는다.

세상이라는 험하고 고단한 강호에서 정으로 맺은 언니, 오빠, 동생들, 나는 당신들을 한없이 믿고 의지하고 사랑한다. 미운 투정 고운 투정도 부리게 될 것이다. 그러다 우리 사이 흠집이라도 생기게 되면 받아들이기 힘들고 아프기도 하겠지만, 우려하지 않아도 되겠지요?

詩,
호수와 通情하다

집 뒤로 나지막한 산을 넘거나 큰길로 돌아가도 한 시간 안쪽이면 도착하는 곳에 내가 사랑하는 호수가 있다. 오래전 동네가 수몰되면서 생긴 수원지라는데 그 크기가 몇 개의 마을을 지나올 정도다. 호수 중간쯤에 위치한 마을이 오륜동이라 나는 언제나 '오륜호수'라 부른다.

수십 년 전 처음 오륜동엘 가서 본 그때부터 나만의 공간인 듯 좋아한다. 반짝거리는 윤슬, 물을 차고 오르는 왜가리들, 물 위로 뛰어오르는 잉어들, 굽은 소나무들, 산기슭에 드문드문 솟은 무덤들, 작은 풀꽃들을 사랑한다. 가끔 햇살이 따뜻한 무덤가에 앉아 한나절 나는 그들 속 풍경이 되기도 한다.

수위에 따라 호수는 다른 모습을 보여준다. 한 며칠 비가 온 뒤엔 찰랑거리는 물결이 붉은 산자락을 두드리며 함께 붉은 물이 든다. 가뭄이 심할 땐 상류 쪽부터 바닥이 드러나 숨어 있던 물길을 보여준다. 그런 날은 구불구불 흐르는 좁은 물길을 넘나드는 백로를 만날 수 있다. 저녁이 될 때까지 함께 저물기도 한다.

십여 년 전 부산의 곳곳에 걷는 길들이 생기고 호수에도 둘레길을 만들었다. '회동수원지길'이란 정식 명칭을 얻어 부산에서 '가장 아름다운 길 1위'로 선정되었다. 그동안 호수는 시민들의 식수로 쓰였기에 출입이 금지된 구간이 있었는데 그곳까지 열려 길이 생긴 것이다.

처음 호수 둘레에 걷는 길을 만든다고 할 때 나는 우려를 했다. 아무래도 사람들이 많이 몰려오게 되면 시민들의 식수인 호수가 몸살을 하지 않을까 하는 염려 때문이었다. 그러나 호수는 늘 관리가 잘 되고 시민들도 호수를 아껴 낚시를 하거나 쓰레기를 버리거나 물에 손발을 담그는 행위를 하지 않는다.

길이 개통된 첫 해에 호수를 지키는 상수도국 허락을 받아 그 길의 한 구역을 '시의 길'로 만들었다. 해마다 은행잎이 노랗게 물들면 '詩, 호수와 通情하다!'란 이름으로 시를 사랑하는 이들이 모여 시화를 걸고 잔치를 한다. 10년이 넘는 동안 시들은 '시의 길'을 지키면서 호수를 사랑하고 걷기를 좋아하는 시민들과 정을 나눈다.

쉬엄쉬엄 쉬어 가며 한 바퀴를 도는 이들도 있지만 대개는 그 절반인 상현마을에서 회동까지 걷거나 그 중간 마을인 오륜동 앞 땅뫼산 황톳길을 맨발로 걷는 것에 만족하기도 한다. 어느 곳에서 어디를 바라보아도 산과 호수가 어우러진 모습은 아름답고 아늑하다. **호수는 내가 기대기 좋은 곳이다. 나는 그곳에서 세상과 삶에서 얻은 상처를 치유하며 시를 읽거나 쓴다.**

품의
계절이다

갑자기 기온이 뚝, 떨어졌다. 오가는 사람들의 어깨도 많이 움츠려들었다. 이럴 땐 따뜻한 곳이 생각난다. 자꾸만 앞섶을 여민 채 웅크리고 다니다가 문을 열고 안으로 들어섰을 때 훅, 다가오는 따뜻한 실내 공기. 따스하고 다정한 엄마의 품처럼 차갑게 굳은 몸을 조곤조곤 풀어준다.

'품'은 두 팔을 벌려서 안을 때의 가슴. 듣기만 해도 좋다. 대개는 '푸근하다' '편안하다' '아늑하다' '따뜻하다'라는 말들과 함께 온다. 안아주거나 가서 안길 수 있는 가슴이 있다는 것은 얼마나 든든한가. 지극한 관심과 사랑만이 넓고 따스한 품을 만들 수 있다. 이런 품은 지친 몸과 마음을 치유하는 힘도 크다.

집이 집을 품고 있다 등불이 등불을, 꽃은 꽃을 품고 있다 알은 알을 품고 있으며 하늘은 하늘을, 산은 산을 품고 있다

(중략)

모두가 따뜻하다 진눈깨비가 진눈깨비를 비수가 비수를 품어도, 품으면 일단 따스한 온기다 스스로 품을 떠난 것들이나 품을 잃어버

린 것들, 하지만 집이 집을 부화하는 일이나 등불에서 등불이 부화되는 일처럼 모든 것들은 마침내 또 다른 그것이 되어 품 하나를 가지고 독립한다

　　ー 한혜영, 「품」 부분

모처럼 뒷산에 올라갔다. 여름과 가을을 지나는 동안 잎사귀들 사이에서 고요히 저를 익히던 열매들이 속을 꽉 채운 채 떨어지고 있다. 독립하는 것들은 이미 새로운 품으로 부화했다는 것. 그렇다면 열매들은 이제 자신만의 세계를 가지게 되었다는 것 아니겠는가. 땅에 뿌리를 내리고 새 품을 열 수 있다는 것이다.

힘든 시절이다. 따뜻하고 너그러운 품이 필요할 때다. 어떤 것도 다 품을 수 있는 넉넉하고 따스한 가슴을 마련할 수 있기를. 우리, 점검할 때다. 나와 타인은 물론 상처를 준 채 등을 돌린 칼날까지 보듬어 용서할 수 있다면, 그 비수마저 스스로 품을 만들게 할 수 있다면, 떠났거나 품을 잃어버린 이들마저 돌아오지 않겠는가.

그 강이
그립다

강, 언제 부르거나 들어도 친근한 이름이다. 강촌에서 나고 자라면서 강이 보여주고 들려준 세계는 어쩌면 이후의 내 삶에 많은 영향을 끼치기도 했을 것이다. 모르는 상류에서 밤낮으로 흘러내려오던 강. 설핏 저를 보여주며 맴돌다가 다시 알지 못하는 하류로 흘러가던 강.

낮게 속살거리는 물소리는 어린 나를 늘 설레게 했다. 발바닥 뜨겁게 조약돌을 밟으며, 꽁꽁 얼어붙은 얼음장 위로 미끄러지며, 사철 조금씩 강을 알아갔다. 너무 겁을 먹지도, 그렇다고 하찮게 생각해서도 안 되는 강. 강은 땅과 사람을 먹여 살리기도 하지만 한꺼번에 싹 쓸어버리기도 했다.

오랜만에 고향에 갔다. 엄마 산소로 가는 길에 바라본 낙동강. 높고 넓게 쌓은 제방은 마을과 경작지를 더 이상 강물에 침수되지 않게 막아준단다. 해마다 성난 황톳물로 휩쓸던 강은 이제 큰비에도 둑을 넘지 못할 것이다. 하지만 하나이던 강과 마을은 서로를 잔뜩 경계하고 있다.

높게 쌓은 제방 이쪽과 저쪽은 서로를 쉽게 받아들이지도 않을뿐더러 쉽게 보여주지도 않는다. 더 이상 자연스럽게 찰싹거리는 강물에 발을 담그고 버들피리를 불 수 없다. 통 통 통 물 위로 물수 제비를 뜰 수도 없다. 나는 둑이 없던 시절 구불거리던 강을 아련하게 소환해본다.

하지만 저 높고 튼튼한 둑이 없다면, 해마다 쏟아지는 비로 강 인근의 마을과 경작지가 침수될 테고, 예전처럼 물난리를 겪게 될 것이 뻔하다. 하나를 얻으면 하나를 놔야 하는 것은 진리다. 강물이 천천히 자신의 길에 익숙해지면 좋겠다. 그래야 한다. 둑길을 걸어가며 수위가 얕은 강줄기를 바라보는 마음이 혼란스럽다.

나는 강이 좋다. 강 같은 사람이 좋다. 굽으면 굽은 대로 모자라면 모자란 대로 저를 열어놓은 사람. 누구나 쉽게 걸어 들어갈 수 있게 제방을 낮추거나 없앤 사람. 지치고 힘든 손발들이 가닿아 쉬고 싶은 궁극. 그러고 보면 강은 나를 낳고 키워준 엄마와 동급이다. 우리의 옛 강이 그립다.

삼숙이
이야기

태어난 해를 대충 짐작할 만큼 이름도 유행을 탄다. 특히 여자들의 이름이 남자들보다 더 심하다. 내 친구들의 이름 끝에는 자, 순, 옥, 희, 숙이 대부분을 차지한다. 그러니 비슷한 연배 몇 명만 모이면 그 자리에서 같은 돌림자를 만나게 된다. 시대가 낳은 자매들이다. 동질감으로 금방 가까워지고 서로의 세월을 공유한다. 내겐 '삼숙이'란 팀이 세 개나 된다.

이십수 년 전 시 쓰는 선배가 부산 문단의 작가들 중 이름이 숙으로 끝나는 셋을 엮어 '삼숙이'라 불렀다. 서로 잘 아는 사이였지만 특별히 의미를 부여해주니 친근감이 더 갔다. 가끔 만나 밥도 먹고 차도 마시고 사는 이야기도 나누었다. 언제부턴가 일상이 달라져 서로 끈을 놓고 지내지만 처음이란 의미에선 여전히 각별하다.

대학원에서 논문을 같이 쓰던 동료 셋이 모두 숙이었다. 늦은 나이에 부족한 것들을 채워보겠다고 힘들게 시작해 달려온 몇 년, 서로가 서로의 아픔을 너무도 잘 알기에 말하지 않아도 동료 의식이 강하게 작용했다. 지금도 느닷없이 메시지를 띄우거나 전화벨을 울리며 서로 다른 지역에서 우정을 송수신한다. 두 번째 '삼숙이'다.

제주에서 무농약 밀감 한 상자가 왔다. 몽골 삼숙이 중 막내가 보냈다. 몇 년 전 서울 인문학기행 팀에 섞여 몽골에 갔을 때다. 유난히 친해 보이는 두 사람이 이른 새벽 숙소인 게르 문을 두드리며 "애숙 언니, 애숙 언니" 하고 불렀다. 함께 사막을 달리고 노래도 부르고 밤의 바닥에 드러누워 별들을 보던 우리는 초원의 결의, 세 번째 '삼숙이'다.

그동안 자연스럽게 와닿은 인연들로 하여 따뜻한 시간을 보냈다. 어렵고 힘들었던 시절에 태어나 이름의 돌림자가 같은 수많은 자매들은 소신껏 자신들의 세계를 만들며 후미진 시대의 뒤안길을 지날 때마다 맑은 빛을 발했을 것이다. **낡고 개성 없는 이름이라 움츠러들지 마시게, 당신. 얼마나 푸근하고 다정하며 사랑스러운 특별 명사인가.**

자축의
시간

모래밭에는 온갖 발자국들이 모여 있습니다. 새, 사람, 고양이, 강아지, 바람의 발자국까지 무너지고 흩어진 흔적들은 이미 분별이 없습니다. 앞서거니 뒤서거니 여기에 닿아 자신만의 바다를 바라보았을까요. 해안의 집들도 모두 바다를 향해 창이 나 있습니다.

바람이 제법 셉니다. 파도가 밀려오고 있군요. 물길을 따라 어여쁜 조개들이 모래밭으로 올라와 물 밖의 세상을 바라봅니다. 그들에게 눈인사를 하며 물가를 걸어갑니다. 젖은 모래밭이 단단합니다. 젖은 것들은 모래들도 단단하군요. 여기까지 데려다준 내 모든 길들을 생각합니다.

소박한 물방울들이 모여 도랑에서 내로 강으로 끝내 바다에 다다랐겠지요. 맑은 물길이 되었다가 흙탕길도 되었다가 좁고 험한 길을 지나며 힘들었겠지요. 때론 굵거나 때론 가늘게 마디를 엮으며 살아가는 사람처럼. 그래서 바닷물에선 땀 같은, 눈물 같은, 짠내가 나는 걸까요.

세상의 모든 빛과 어둠과 구석을 들여다보고 함께할 줄 아는 사람은 아름답습니다. 돌과 별과 풀꽃들의 이야기를 들을 줄 알고 침묵할 줄 아는 사람. 누군가를 위해 엎드려 기도할 줄 알고 대신 아파하거나 울어줄 줄도 아는 사람. 얄팍한 지갑이라도 털어 함께 국밥을 먹을 줄도 아는 사람.

힘들었던 시간이 왜 없었을까요. 주저앉아 절망하거나 죽고 싶을 만큼 좌절했던 적이 왜 없었을까요. 하지만 그때마다 이겨내고 일어났지요. **살면서 가장 힘든 일이 절망의 바닥에 닿아 흐느적거리는 자신을 일으켜 세우는 일입니다. 그 힘든 것을 다 해낸 당신, 혹은 나. 축하합니다.**

어디쯤에 서 있고 얼마나 돋보이는가는 중요하지 않습니다. 어떤 것이든 다 품은 바다의 생명력은 깊고 넓고 아득합니다. 고요하거나 출렁거리며 배경이 될 줄 압니다. 사랑과 신뢰와 감사란 말을 안고 마침내 완성한 올 한 해. 수고 많았어요. 다시, 새해에도 새 지도를 그려야겠지요. 응원합니다.

엄마라는
종교

체질적으로 소화력이 떨어지는 나는 걸핏하면 체한다. 어릴 때부터 배앓이를 자주 해 집안을 발칵 뒤집어놓은 적이 한두 번이 아니었다. 요즘도 가끔 탈이 나 응급실로 실려 가기도 한다. 늘 먹던 것들도 어느 날 몸이 거부를 하면 나는 거의 죽다가 살아난다. 어떤 음식이든 가리지 않고 다 좋아하고 잘 먹는 편인데 탈이 자주 나다 보니 처음 먹는 것뿐만 아니라 늘 먹던 것들에도 젓가락 가기가 두렵다.

어떤 이들은 맛난 음식을 먹기 위해 여행을 한다고 하는데 나는 다른 지역으로 여행을 할 때 가장 걱정이 되는 것이 음식이다. 물만 갈아 먹어도 배탈이 날 수 있기 때문이다. 언젠가 외국에 갈 기회가 있었을 때 평소 늘 먹던 생수를 트렁크에 가득 챙겨 가 동행들을 놀라게 하기도 했다.

어린 나는 자주 체했어
그때마다 엄마는 엄숙하게 의식을 치뤘지
바가지에 만 물밥을 식칼로 저으며
이 밥 먹고 나가라, 낮게 중얼거리며
꺽꺽거리는 내 안의 누군가에게 물밥을 멕였어

내 몸속 그놈을 잡아 바가지에 담고
마당으로 나가 칼을 던졌어
삽작 밖으로 칼끝이 향할 때까지 던지고 또 던졌어
다신 오지 마라, 줄 것 없다
흔적 없는 발소리 뒤로 칼자국 깊은 십자가를 그었어
나는 뚫린 창호지 구멍으로
차가운 물밥을 얻어먹고 쫓겨나가는
걸신의 뒷등을 언뜻 본 것도 같아
부글거리는 배 엄마의 약손에 맡기고 잠이 들 때
솥 텅 솥 텅 먼 곳에서 우는 소쩍새 소리
우리의 고픈 밤을 오래 흔들었어
 ― 권애숙, 「소쩍새 우는 밤」 전문

  병원도 약국도 없는 시골에서 내가 배탈이 나면 엄마는 자신의
방식대로 의식을 치렀다. 밤새 배를 쓸어주며 나직하게 노래를 불
러주었다. 어린 나는 늘 엄마에 의해 살아났다. **'엄마'라는 이름의
종교는 힘이 세다. 그 어떤 신보다 빠르고 강하다. 언제 어디에서나
기꺼이 달려와 신성한 힘으로 자식을 살려낸다.**

요즘 스스로 엄마이길 거부하는 엄마들 얘기가 자주 들린다. 안타깝고 슬픈 일이다. '엄마'가 되는 순간 세상 어떤 고난과 불의 앞에서도 얼마나 당당하고 정의로워지는가. 누가 그 기운을, 서슬 퍼런 힘을 감당할 수 있겠는가. 그래서 우린 힘들고 지칠 때 신을 찾듯 '엄마'를 부른다.

3부

지혜로운
사람들

지혜로운 사람들

아들에게 가는 길이었다. 도시 전철을 타고 빈자리에 막 앉았을 때다. 바로 옆자리 젊은 엄마와 함께 나란히 앉아 스마트폰을 들여다보던 아이가 갑자기 울음을 터뜨렸다. 놀라 돌아보는 순간 아이의 눈과 딱 마주쳤다. 울던 아이가 무안한 듯 울음을 뚝 그쳤다. 나도 무안해 얼른 고개를 돌렸다. 곁에 유모차가 있는 걸로 보아 서너 살 정도 되었을까.

"우리 아들이 폰을 달라고 할 때 엄마가 어떻게 했어요?"

"약속한 시간에 줬어요."

"그럼 아들은 엄마 폰을 언제 돌려줘야 해요?"

"약속한 시간에 줘야 해요."

"그런데 마구 떼쓰고 울면 어떻게 돼요?"

"엄마가 힘들어요."

나직나직 나누는 그들의 얘기. 엄마는 부드럽지만 단호했고, 아이는 자신의 잘못을 충분히 인지하고 있었다.

"엄마와 아드님 다 참 지혜롭습니다."

두 사람이 안정을 찾은 것 같아 아이 엄마에게 조용히 말을 건넸다.

"고맙습니다. 아들이 잘 커줘야 할 텐데요."

진지해진 그녀가 나를 돌아봤다.

"제 경험으로 봐서 지금처럼 하시면 됩니다. 엄마와 아드님 둘 다 현명하시니까요."

그녀가 환하게 웃었다. 오래전 우리 모자의 모습을 보는 것 같았다.

아들이 백일을 지나자 유모차에 태우고 다니며 나는 참 많은 얘기를 해줬다. 바람이 부네요. 나뭇잎이 흔들려요. 와, 햇빛이 너무 눈부셔요. 알아듣든 못 알아듣든 곁에서 속삭였다. 그래서일까 아들은 말문이 트이면서 어휘력이 풍부했고 자연스레 높임말을 썼다. 식당이나 전철에서 또래들이 시끄럽게 뛰어다니면, "어머니 저러면 안 되죠?" 하며 스스로 깨우쳤다.

아이들은 궁금한 게 많아 질문을 많이 한다. 그럴 때 집중적으로 도와주어야 한다. 다양한 책과 장난감과 세상 경험은 큰 도움을 준다. 필요에 의해 스스로 찾고 익히고 생각해야 온전히 자기 것이 된다. 젊은 엄마와 서로 경험을 주고받을 때 목적지에 도착했다는 안내 방송이 나왔다. 안녕, 우리의 밝은 미래에 손을 흔들어주었다.

뿔값

싱크대 아래에서 검은 비닐봉지 하나를 찾았다. 캄캄한 봉지 속에는 먹다 남은 감자 몇 개가 들어 있는데 감자는 이미 감자가 아니다. 온몸에 뿔이 돋은 새로운 종의 형상을 하고 있다. 움푹 패인 눈마다 솟구친 뿔들에는 독이 그득 든 듯, 잊힌 시간들은 어찌 되는지 보란 듯, 사방을 들이받을 기세다.

감자에게 미안하다. 방치된 감자는 어둠 속에서 얼마나 아득했을까. 아무도 찾아주지 않으니 잊히고 있다는 생각에 얼마나 절망했을까. 흙속에 감자를 묻어주며 감자에게 사과한다. 감자의 세계로 돌아가 새 감자를 낳길, 주렁주렁 새끼들을 달고 새 세상을 만들길!

잊혀진 것들은
어둡고 습한 색깔의
눈을 만들고 뿔을 만들지

세상을 들이받으며
뿌리 내릴 바닥을 찾지

겨울을 고독하게 견딘
감자가 밀어내는 독들을 좀 봐

따돌려진 것들의 뜨거운 이미지

뿔난 것들이 세상을 선명하게 평정하지

나는 너무 오래 관념적으로 살았어
— 권애숙, 「이월 초하루」 전문

그러고 보니 나도 이 감자와 별 다를 바가 없다는 동료 의식이
든다. 자의든 타의든 세상으로부터 격리되어 세상은 나를, 나는 세
상을, 잊고 지낸 지 오래된 것 같다. 소외된 이가 어디 나뿐이겠는
가. 뿔이라고 다 같은 뿔이겠는가.

**많은 이들이 알게 모르게 누군가로부터 지워지고 있을 것이다.
견디기 힘든 겨울을 건너오며 독을 품은 뿔을 내밀고 세상 어느
구석을 힘들게 들이받고 있을 것이다. 봄이란 이름에 도발을 하고**

있을 것이다. 공교롭게도 뿔난 감자를 발견한 날이 이월 초하루다.

음력 이월 초하루는 비바람을 몰고 '영등 할매'가 내려온다는 날이다. '머슴날'이기도 하다. 예전엔 맛난 음식을 만들어 바람의 신 '영등 할매'를 달래고 곧 농번기에 들 일꾼들의 사기를 올려주었다고 한다. 요즘이야 도시건 농촌이건 농한기 없이 일을 해야 하니 머슴이든 주인이든 스스로 격려를 해야 할 것이다.

있는 줄도 몰랐던 감자가 내민 뿔처럼 소외된 것들은 어느 날 불쑥 행동으로 살아 있음을 보여준다. 주변을 살펴보자. 어느 구석에 뿔이 돋고 있는지. 뿔이 나기 전에 아는 척을 해야겠지만 뿔이 났더라도 괜찮다. 혼자 엎드려 끙끙거리지만 말고 뿔값을 하면 된다. 곧 봄이니까.

제 안에
무늬를 새기며

위쪽 지방 여기저기에서 김장 소식이 들린다. 아직 내가 살고 있는 남녘은 좀 이른 듯하지만 덩달아 마음이 바빠진다. 서둘러 고추를 빻아놓고 생강과 마늘을 까놓고 이런저런 젓갈을 준비한다. 텃밭 배추들도 막바지 속을 채우고 무도 통통하게 살을 올리는 중이다.

김장은 추울 때 해야 더 맛나다고 한다. 남쪽에 살고 있는지라 예전엔 크리스마스 전후에 했는데 몸이 부실한 요즘은 추워지기 전에 서둘러 한다. 언제든 형편이 되는 대로 해서 김치냉장고에 저장하면 일 년 동안 김치 걱정을 안 해도 된다. 김장은 한 해 농사의 완결이며 월동 준비의 끝인 셈이다.

김장 전에 우선 먹을 섞박지를 좀 담글까 싶어 배추 두 포기와 무를 몇 개 뽑았다. 텃밭을 하고부터 수확하는 일이 힘들다. 수확물이 많아서가 아니라 화초인 듯 눈을 맞추며 아끼고 돌본 것들이다 보니 채취할 때마다 손이 오그라진다. 수도 없이 들여다보고 망설이며 이것은 너무 작아서, 이것은 너무 예뻐서, 이것은 홀로 외로워 보여서. 온갖 핑계들로 주춤거리며 나는 그들 주변을 오래 서성거린다.

무를 자를 때다. 겉이 멀쩡한 무 한 개의 속이 희미하게 얼룩물이 들어 있다. 반점 같기도 하고 멍 같기도 하다. 순간 멈칫했지만 맛을 보니 아무렇지도 않았다. 좀 잘라내 버릴 수도 있지만 그대로 성한 무들 속으로 섞어 넣었다. 아까워서가 아니다.

짧은 순간 나는 무의 일생을 짐작했고, 나를 보는 듯 동화되어 내칠 수가 없었다. 살기 위해 얼마나 용을 썼을까. 아무도 눈여겨보지 않는 곳에서 얼룩을 새기며 홀로 아픈 속을 다독였을까. 저들 세상에서도 살아내기는 쉽지 않았을 게다. 목이 마르고 헛헛했을 때가 왜 없었을까.

양념에 버무려 섞으니 성한 것들과 조금도 다르지 않았다. 누가 누구인지 찾을 수도 없다. 어쩌면 아팠던 게 아니라 제 안에 다양한 무늬를 새기며 완숙되고 있었는지도 모른다. 깊고 그윽하게 자신만의 그림을 그리며 누군가 알아주길 기다리고 있었는지도 모른다.

언젠가 선생은 그러셨다.

"잘나고 멋진 것들은 그대로 둬도 괜찮다. 하찮고 못나고 소외된 것들에 눈을 돌려라. 가장 후지고 어둡고 척박한 곳에서 그들을 보여줘라. 그게 예술이고 시다."

나는, 내 시는, 늘 어둡고 척척한 곳에 자리를 잡은 채 생존의 무

늬가 다양한 이들과 함께한다. 그들은 내가 만난 꽃이며 별이며 또 다른 나이다.

환승입니다

꽃들이 우르르 무너진다. 스스로 떠나가는지, 떠밀려 떨어지는지, 흩어져 날리고 있다. 사람들 서넛이 흩날리는 꽃잎들을 손바닥으로 받거나 떨어져 바닥이 되어 있는 꽃잎들을 밟으며 천천히 지나간다. 바닥이 되어 있던 꽃잎들이 사람들 신발 뒤쪽에 붙어 다시 자리를 옮기며 흩어진다.

제 몫을 다하고 지는 것들은 저렇게 화려하고 환상적이다. 나는 마을버스의 유리창에 바짝 얼굴을 갖다 대고 입을 벌려본다. 날아오는 꽃잎을 받아먹기라도 하겠다는 듯, 이 찬란한 별리의 아름다움을 내 안에 새기기라도 하겠다는 듯. 그러나 유리창 너머 꽃잎들은 다른 세상 같다.

꽃잎과 손을 놓는 나무는 가지마다 연둣빛 잎사귀들을 뾰족뾰족 내민다. 나무는 꽃의 시간에서 잎의 시간으로 갈아타는 중이다. 짧지만 화려했던 꽃의 시절을 건너, 길고 무덤덤한 잎의 시절에 드는 것이다. 이제 뒤척거리거나 나른하거나 세상을 받아내겠지.

잠깐의 환호를 받았던 꽃의 시절을 기억하며, 아니 어쩌면 그 황홀했던 날들을 깡그리 잊어버리기 위해, 잎들은 바람이나 우레와 맞대결을 할지도 모른다. 기억하는 일도 잊는 일도 새날을 위해선 필요하리라. 꽃들이 진다. 쏟아져 내리는 꽃들은 사방으로 흩어진다.

"환승입니다."

오르내리는 이들이 카드를 찍는 모양이다. 노선을 갈아타야 한다는 신호겠다. '환승'이란 말이 참 설레게 한다. 여기가 어딜까, 바깥을 두리번거린다. 낯설다. 나는 자주 환승 지점을 놓친다. 내 안이나 내 밖의 풍경에 몰입하다 보면 이미 내릴 지점에서 멀어져 있기 일쑤다.

길치에다 방향치인지라 낯선 곳에서 길을 잃고 허둥거리는 것은 삶의 길목에서도 마찬가지인 것 같다. 오늘도 영락없이 환승 지점을 놓쳤다. 하지만 뭔 대수겠는가. 이젠 놀라거나 갈팡질팡하지 않는다. 잘못 든 길에서 새 역사를 만들 수 있지 않겠는가. 실수 많은 여행이 이야기가 풍부하다지 않는가.

좀 돌아가거나 헤매면, 좀 늦어지거나 어두워지면, 뭐 어떤가. 이젠 일부러라도 지도 밖 행성에 가닿고 싶다. **낯선 곳은 설렘과 떨림으로 새 기운을 준다. 가끔 환승 지점과 노선을 놓쳐도 좋겠다. 길을 찾아가는 방법이나 방향은 스스로 만들어 가면 되니까.**

다시,
부채를 들고

그가 부채 몇 개를 건네주며 맘에 드는 것을 골라보란다. 그러고 보니 벌써 유월이다. 본격적인 여름이 시작된 것이다. 안도 밖도 후덥지근하다 싶은 날들이 시작되었다. 한 며칠 작업실을 들락거리더니 부채를 준비하고 있었던가 보다. 잊지 않고 있었구나.

펼쳐보니 다 다른 그림이다. 내 시의 구절이나 바다와 갈매기와 등대, 소나무와 학, 들꽃들, 고목의 매화, 왕대나무 같은 것들을 힘 있게 또는 부드럽게 피워놓았다. 어찌 어느 하나만 좋다 할 수 있겠는가. 와우, 와우, 연신 감탄을 터뜨리며 서너 개를 챙겼다. 한 개씩 들고 설렁설렁 부쳐보니 시원한 맛이 최고다.

어딜 가도 에어컨이 씽씽 돌아 춥기까지 한데 무슨 부채냐 하겠지만 늘 그렇듯 올해도 나는 부채를 들고 다닐 것이다. 출퇴근길 도시전철 안에서, 찻집에서 차를 마시면서, 뜨거운 길을 걸어가면서 이 부채들을 쓸 것이다. 햇살을 가리거나 찬 에어컨 바람도 막아낼 것이다. 그러다 또 누구 손에 들려주기도 하겠지.

올해는 특별히 부채를 많이 장만한 것 같다. 얼마 전에 개원을 한 아들을 생각한 것이다. 이건 어때, 저건 어때, 고르더니 길을 나서자고 재촉한다. 직원들에게 나눠주며 맘에 드는 것으로 잘 타협

해 가지라 하니 각자 하나씩 펴들고 이견이 없단다. 닳을까 봐 쓸수 있겠냐고, 좋아라 품에 안는다.

해마다 단오 무렵이면 그는 단오 부채를 준비한다. 글을 쓰거나 그림을 그려 그동안 고마웠던 주변의 지인들에게 선물한다. 부채를 주고받으며 서로의 안부를 묻고 한 해의 건강도 기원하며 정을 나눈다. **예전엔 단오가 되면 임금이 신하들에게 부채를 하사했다고 한다. 여름을 탈 없이 잘 보내라는 뜻이었겠다.**

"아, 올 여름도 덕분에 시원하게 보내겠습니다. 고맙사옵니다, 마마!"

돌아오는 길에 장난기를 얹어 인사를 했다.

"무슨 지나친 말씀이야, 누가 들으면 큰일 나겠네."

그러면서도 씨익, 웃는다.

"뭐 임금이 따로 있겠수? 베풀고 나누면 그가 바로 임금이지."

우린 또 이렇게 시끌벅적 여름맞이를 시작한다.

낮달맞이꽃

한 며칠 밤낮없이 비가 내렸다. 여름의 문턱에 들자마자 장마가 시작된 것일까. 아열대 기후가 되어간다더니 우기에 든 것일까. 세상이 온통 다 젖었고 보이는 곳마다 빗물이 길을 만들어 흐른다. 우산을 쓴 사람들이 이미 다 젖은 신발로 물이 찰랑거리는 바닥을 경중경중 건너뛰며 지나간다.

골목 한쪽에 환하게 피어 있던 꽃들이 고개를 숙인 채 앞으로 엎어져 있다. 얇은 종이로 접은 듯한 이 분홍 꽃을 나는 이 집 앞에서 처음 만났다. 아니, 어디에서나 볼 수 있는 흔한 꽃이라는데 이미 보았을 수도 있겠다. '분홍낮달맞이꽃'이란 이름을 처음 알았다는 게 맞는 말일 것이다.

그동안 내가 알고 있던 달맞이꽃은 풀숲 어디에나 자리를 잡은 채 저물녘이면 노란 꽃을 피우고 아침이면 시든 듯 몸을 닫았다. 어둑해지는 밤의 한쪽에서 온몸으로 등불을 켜는 꽃에 기대 나도 밤의 허공을 지나가는 달을 바라보기 좋아했다. 누군가를 기다리는 일은 참 설레는 일이다.

'달맞이꽃'이란 이름에는 그리움과 기다림, 쓸쓸함이 묻어 있다. 어린 마음에도 피고 지는 꽃잎들의 마음을 미루어 짐작하곤 했으니 나는 일찍부터 '그리움'이나 '기다림' '쓸쓸함' 같은 감정을 알았단 말인가. 외로움은 누군가 넘어올 것 같은 먼 고개를 바라보며 피고 졌단 말인가.

'낮달맞이꽃'이라니. 왜 하필 꽃은 낮달을 맞이하고 싶었을까. 낮에 떠 있는 달은 너무 희미해 잘 보이지 않는다. 밝은 햇빛에 가려 애써 살피지 않으면 흰죽처럼 묽게 퍼져 있는 달을 찾기 힘들다. 고개만 들면 바로 보이는 밤의 달과는 다르다. 때로 너무 강한 빛은 어떤 것들을 보이지 않게 한다.

있는 듯 없는 듯 희미하게, 삭막한 세상을 건너가는 낮달 같은 사람들이 많다. 너무 잘난 것들 사이에선 웬만해선 존재 자체가 잘 드러나지 않는다. 누구 하나 관심을 가져주지 않으니 홀로 걸어가는 길이 얼마나 힘들고 외로울까. 대부분이 밤의 환한 달을 노래할 때 낮달에게 사랑을 기울이는 낮달맞이꽃.

낮달맞이꽃을 만나고부터 나는 낮달에 부쩍 관심을 갖게 되었다. 낮달 같은 사람들을 생각하게 되었다. 그 낮달을 쳐다보는 기다림의 무게에 대해서 생각하게 되었다. 꽃아, 낮달을 맞이하기 위해 가는 고개가 늘어진 꽃아, 왜 나는 밤달을 기다리는 달맞이꽃보다 네가 더 아프냐. 너의 활짝 펴진 낮이 더 아프냐.

기억의
저편

　　　　　　　　　　　　　　무사히 한 학기를 마치고 귀가
하는 날이었다. 도시전철 통로에 서서 지친 몸과 마음을 다스리고
있을 때, 서너 걸음 옆에 서 있는 여인의 옆모습이 낯익었다. 마스크
로 얼굴의 8부는 가렸지만 적당한 키, 약간 각진 얼굴, 세월의 손이
거치긴 했지만 분명했다. 자리에 앉은 그녀를 정면으로 보니 안경
너머 눈매, 이마를 거의 가린 헤어스타일, 틀림없다.

　하지만 이름은커녕 아무리 기억을 더듬어도 성조차 생각나지 않
았다. 옆자리가 비자 나도 앉았다. 여인의 팔을 살짝 흔들며 말을
걸었다. 언젠가 들었던 것 같은, 이사해 살고 있다는 지역을 들먹였
다. 고개를 저었다. 다시 먼 기억을 더듬어 예전에 어느 곳에서 이런
저런 사업을 하지 않았냐, 물었더니 그제야 맞다고 쳐다봤다.

　그러면서도 내가 누군지 전혀 감이 잡히지 않는 눈치였다. 내 이
름을 말해주자 그때서야 손을 붙잡고 흔들며 어쩔 줄 몰라 했다.
심신이 많이 흐려지고 지워진 우린 고등학교 동창이다. 아이들은
어떻게 자랐으며 다른 친구들과 연락은 되는지 서로의 근황을 물
으며 몇 십 년을 훌쩍 훌쩍 뛰어다녔다. 전번을 주고받고 내릴 준비
를 할 때다.

　"나 혼자 살아."

그녀의 말이 느닷없이 나를 붙잡았다.

"왜? 신랑은?"

놀라 주저앉으니 낮은 소리로 천천히 얘기를 했다.

"갔어. 5년 전에. 먼 곳으로."

마스크 속 표정을 알 순 없지만 이미 슬픔의 큰 강물은 건넌 듯 담담해 보였다. 그동안 소식이 끊어지긴 했어도 사업 수완이 좋은 남편과 잘 살고 있을 거라 믿고 있었는데.

이제 우리 그런 시절에 들었구나. 아프거나, 떠나거나, 홀로 남게 되는. 하지만 우리에겐 선물 같은 후반이 있다. 아득한 기억의 저편들은 후반을 위해서 복무했을 것이다. 기운을 내자, 벗이여. 누구는 곧 올 크리스마스와 함께 산타의 선물을 기다린다는데 우리가 선물을 기다릴 수는 없잖은가. 산타가 되어야지. 꽤 괜찮게 익은 선물 보따리가 되어 있지 않은가.

경계이면서
경계가 아닌

　　　　　　　　　　　시집이 나오면 친절하게 피드
백을 주는 지인들이 있다. 어느 시집엔 '꽃'이란 단어가 유독 많다
하고, 또 어떤 시집엔 담, 벽, 담벼락이 많다고 했다. 나도 생각하지
못했던 부분이다. 화가들이 주로 쓰는 색이 있듯 시인들도 주로 쓰
는 언어가 있다. 어쩌면 무의식 깊이 잠재되어 있던 언어들이 그때
그때 딸려 나오는 것이겠다.

　'담', '벽', '담벼락'은 공간의 둘레를 막은 구조물이란 데서 같은
말이다. '담'이란 말이 담담하게 서 있는 여인의 뒤태를 연상시킨다
면, '벽'에선 어떤 어려움에도 꿈쩍 않는 남자의 뒷모습이 어른거린
다. 나는 '담벼락'이란 말을 좋아한다. '벼락'이란 말이 붙어 있어 그
런지 담벼락, 하고 부르면 막혔던 경계가 시원하게 허물어질 것 같
은 믿음이 간다.

　내 담벼락엔 할머니가 계신다. 집안 언니들이 우물에 두레박을
던져 넣을 때 담벼락 위로 날아오던 휘파람 소리. 담 너머에서 서성
거리는 발소리를 줄행랑치게 하는 방법엔 할머니의 물벼락이 특효
다. 내가 다섯 살 때 읍내에 다녀오시던 할머니가 돌아가셨다. 아저
씨들이 담벼락을 허물었고, 그곳을 통해 할머니는 칠성판에 누운
채 귀가하셨다.

지인의 전시회에 갔을 때다. 거칠게 칠한 먹물 사이로 가는 모가지를 꽂고 빤히 쳐다보던 난꽃. 검은 판자 울타리 틈새로 경계 저쪽을 더듬는 호기심 많은 소녀의 눈망울이었다. 약간의 불안과 설렘으로 흔들리는, 그러나 맑게 반짝이는 눈빛. 또 다른 경계인 '울타리'란 말은 그중 가장 허술하고 아름답게 열린 이름이다.

경계이면서 경계가 아닌 이름들은 안과 밖, 이쪽과 저쪽을 다양한 모습으로 재탄생시킨다. 어둑해질 무렵 대청마루에 누워 막힌 너머를 바라보는 재미란 얼마나 좋은가. **안 보이는 절반, 또는 보이는 절반에 의해, 나머지 절반이 얻은 새로운 몸. 결핍의 자리에 욕망이 생기고 그 자리에 새로운 환상이 자리한다고 할까. 환상은 늘 실재보다 리얼하다.**

내 믿음이
깊다

"무인도에 갈 때 딱 세 가지만 챙기라면 뭐 가지고 갈래?" 하는 얘기가 한때 유행했던 적이 있다. 어떤 여성 방송인은 책과 커피와 음악이라고 했던 것 같다. 오래전에 들은 것이라 확실치는 않지만 참 낭만적인 사람이구나, 생각했다. **삶과 죽음의 기로에서 음악을 들으며 커피를 마시고 책을 읽는다는 건 얼마나 멋진 일인가. 하지만 난 너무 현실적인지 그럴 일이 생긴다면 딱 한 사람만 챙겨 떠날 것이다.**

30년째 단독주택에 사는 동안 집은 점점 낡아가고 못 하나 박는 일에도 나는 그를 쳐다봤다. 갑자기 전깃불이 나가거나 하수도관이 막힐 때, 심지어 전자 제품이 고장 나도 그를 불러댔다. 그럴 때마다 그는 놀랍게 해결 능력을 발휘했다. 물론 처음엔 수리공들을 불렀지만 출장비가 만만치 않자 그는 직접 수리를 하기 시작했다. 점차 칼 하나로 뭐든 다 해내는 그 유명한 맥가이버 손이 되어갔다.

"난 무인도에 갈 땐 딱 자기만 있음 돼. 셋이 뭐야, 백 가지도 더 챙긴 것이나 같을 텐데. 흐흐."

시커먼 먼지가 묻은 그의 손을 만지며 코맹맹이 소리를 하면 씩, 웃는다. 그는 무인도에서도 어떻게든 불을 피우고, 집도 지을 것이다. 우물을 파서 맑은 물을 마시게 해줄 것이며 얘기를 잘 하니 책이 없어도 심심치 않을 것이다. 짐승들을 막아줄 것이고 바람 소리, 파도 소리에 맞춰 못 부르는 노래도 불러주지 않을까. 내 믿음이 깊다.

맥가이버나 무인도 타령을 하며 수리비를 아끼려는 내 속셈을 진즉에 알아챘겠지만 그는 오래된 집과 가족의 웬만한 문제들은 다 해결해준다. 묵은 담벼락에 그려준 푸른 바다와 붉은 등대, 갈매기는 이웃의 이웃이 되기도 한다.

늘 좋아하는 척, 못 이기는 척, 흠흠, 콧노래도 부르는 그의 속내를 실은 알 수 없다. 무인도에 갈 때 뭘 갖고 갈 것이냐는 물음에 아직 답하지 않았기 때문이다. 하지만 그가 무엇을 챙긴대도 상관없다. 나는 내 맥가이버만 챙기면 되니까.

딱, 좋은
나이

새 학기가 시작되던 첫날, 나이가 지긋하신 분이 커다란 가방을 등에 메고 강의실로 들어왔다. 조용히 빈자리에 앉아 있던 그분은 다른 회원들의 환영 박수를 받으며 자신을 소개했다. 일흔이 훌쩍 넘었으며, 딸이 등을 떠밀어 왔는데 글을 써본 적 없어 잘 쓸 수 있을지 모르겠다며 웃었다.

잘 오셨다고, 글쓰기는 삶의 완성이라고, 우리말과 우리글을 아는데 못 쓸 게 어디 있겠냐고, 자손들이나 벗에게 들려준다 생각하며 쓰면 된다고, 환영 인사를 했다. 처음 오는 분들이 대개 그렇듯 주춤거리지만 금방 자신만의 목소리를 풀어낼 것이라는 믿음이 갔다.

주로 무엇에 관심이 있느냐 물었더니 논어를 좋아해 날마다 필사를 한다고 했다. 그러면 일상을 통해 논어를 얘기해보는 게 어떻겠냐고, 논어 구절 중에 가장 마음에 드는 문장 50개를 뽑아올 수 있겠냐고 했더니 그러마고, 다음 주 바로 51개 문장을 뽑아 왔다.

컴퓨터 워드로 글을 써오는 다른 회원들과는 달리 컴퓨터를 잘 다루지 못한다는 그분은 언제나 백지에 손 글씨로 써 왔다. 퇴고를 할 때마다 새 종이에 글을 옮겨 써야 하니 빨리 지칠 법도 하지만 무척 성실했다. 방향만 제시하고 독려하며 믿고 지켜보는 나를 실망시키지 않았다.

공자와 안회의 고향을 찾아 중국까지 다녀오는가 하면 교통사고를 당해 몇 달씩 병원 생활을 할 때도, 부군의 긴 병간호와 소천을 지켜보면서도 자신과 한 약속의 끈은 놓지 않았다. 느려도 멈추지만 않으면 끝을 본다. 드디어 77세 딱 좋은 나이에 '생활 속 논어 읽기 딱 좋네'를 완성했다.

젊은 회원들이 워드 작업과 퇴고를 도와주었고, 흔쾌히 출판을 해주겠다는 출판사도 나서 꿈을 이룰 수 있었다. 지인들의 놀라움은 물론, 인터넷 서점에서도 책을 찾는 이들이 더러 있다며 좋아한다. **도전하는 데 나이는 걸림돌이 되지 않는다. 포기만 하지 않으면 기쁨은 덤으로 딸려 온다.** 더 늦기 전에 당신도 도전해보시기를!

이데아
호텔

이 호텔 앞을 지날 때마다 나는 늘 걸음을 멈춘다. 철학적인 간판과 드나드는 객들에 마음을 빼앗겨 열린 입구나 컴컴한 로비에서 서성거리게 된다. 지나가는 행인들이 쳐다보지만 아랑곳하지 않는다. 사거리 모퉁이에 자리 잡은 이 호텔의 고객은 오직 자동차의 헌 타이어들이다.

'타이어 중고점'이란 이름보다 '이데아 호텔'이란 이름에 끌렸을까. 객들은 천지 사방에서 굴러와 어두컴컴한 객실과 로비 바깥의 양 벽에까지 높이 쌓여 있다. 어떤 객은 세상에 그리 부대끼지 않은 듯 색과 무늬가 선명하게 남아 있고, 어떤 객은 너무 많이 닳아 달려온 길들의 흔적이 그득하다.

닳은 만큼 사연이 많을 이 검은 객들. 어떤 꿈을 꾸며 어디를 달리다 이렇게 닳았을까. 비슷비슷한 이들과 서로 기대고 포개진 채 무슨 생각에 빠져 있다. 저들끼리 몸을 비비며 잠시 대기 중인 듯하다. 그들에게 눈을 맞추며 말을 걸면 지나온 길들을 슬쩍 슬쩍 보여준다.

자세히 보면 희미한 무늬들 위로 암호 같은 숫자들이 적혀 있다. '215 55 17' '225 50 17' '205 65 15' '225 45 17' 흰 페인트로 적어놓은 이 숫자들은 타이어의 규격이라고 한다. 자동차의 무게를 떠받

들 수 있는 크기나 힘 같은 걸 나타내는 것인가 보다.

　이들은 어느 가난한 차주에게 연이 닿아 다시 세상을 누비게 되거나, 어디 도회지 한적한 길섶에서 화분이 되어 낯선 식물들을 안아 키우거나, 먼 나라 넓은 사막으로 이주해 경계를 알리는 표지판으로 박히거나, 재생이란 이름으로 분쇄되기도 할 것이다.

　그런데 나는 왜 이들에게서 자꾸만 고단한 사람들이 떠오를까. **이름은 없고 숫자로만 기록되는 사람들. 별별 길들을 다 굴러 어딘가에 당도했을 사람들. 온몸으로 바닥을 굴러 상처뿐인 사람들. 끝내 자신의 얼굴조차 지운 채 쓸쓸히 버려졌거나 잊혀진 사람들.**

　어쩌면 나나 당신도 잠시 '이데아 호텔'에 묵고 있는 타이어가 아닐까. 닳고 닳아 이념도 실재도 사라진 타이어. 등급이 매겨진 채 스스로를 잃어가는 타이어. 그러면서도 다시 달릴 꿈을 꾸는 타이어. 꿈도 삶도 끝내는 이렇게 자신이 쓴 역사를 자신이 지우는 것이란 말인가.

걷자,
다시

오랜만에 온천천에 나왔다. 드문드문 걷는 사람들 사이로 비둘기들이 흩어졌다 모여들며 천변의 풍경을 바꾼다. 잠잠하던 길바닥에서 갑자기 빠져나와 창공으로 날아오르는 날개를 보며 아, 바닥에도 날개가 있구나, 하는 안도감이 든다.

녀석들은 저들만의 목소리를 끄집어내 꾸루룩꾸루룩 시공을 긁어댄다. 그래, 알았어, 안녕, 너 비둘기잖아. 아는 척을 하며 나는 툭툭 들꽃들 흐드러진 산책길로 나를 차 넣는다. 풀숲 사이에서 비둘기들이 날아오른다.

붉은 모래 바닥을 드러내 보이며 물은 멈춘 듯 흐르는 듯 햇살에 반짝거리고 있다. 어찌나 맑은지 신발을 벗고 들어가 첨벙거리고 싶은 충동을 누르며 징검다리 가운데쯤에 서서 물소리를 듣는다.

속도는 거의 보이지 않지만 물은 미세하게 결을 만들며 흘러가는 중이었다. 그렇지. **살아 흐르는 것들은 다 어떻게든 소리를 내지. 저만의 무늬를 만들며 어딘가로 가지. 누가 들어주든 말든. 즐겁게, 또는 아프게.**

건너편 물가에 앉아 있는 한 사람이 눈에 들어온다. 많이 허름해진 어깨와 등은 한쪽으로 구부러져 있다. 비둘기들이 주변을 천천히 쪼아대며 돌아도, 개망초꽃 가지들이 툭툭 건드려도, 천변의 족 속이 된 듯 꿈쩍도 하지 않는다.

풀빛 소주병 하나가 풀들에 기대어 있다. 늙은 남자를 닮았다. 아 니 남자가 소주병을 닮았나. 반쯤 기울어진 몸 어디에도 중심을 만 들지 않은 채 그는 신음 같은 콧노래를 고요하게 흘리는 것도 같다.

저만치 떨어진 벤치로 가 앉아 나는 다시 저만치 떨어져버린 천 변을 한 폭에 담아 훑는다. 빨간 자전거 한 대가 굴러 들어왔다 빠 져나간다. 팔을 흔들며 손뼉을 쳐대는 젊은 여자가 걸어왔다 빠져 나간다. 꽃잎들을 후후 불어놓고 바람도 서늘하게 빠져나간다.

다들 어디를 어떻게 흘러와 여기를 찍고 있는가. 저만의 소리를 만들며 방향을 잡는가. 당당한 왜가리 녀석이 홀로 천천히 물길을 밟아 올라온다. 그래, 걷자, 다시. 어느새 뜨겁게 굴러온 해가 중천 이다.

지금 복사골이
달달하다

차꽃이 피기 시작했다. **가지마다 조롱조롱 매달린 열매들 사이로 수수하게 피고 있는 차꽃은 참 음전하다. 차꽃이 핀다는 건 가을이 깊어졌다는 뜻이다.** 차나무는 지난해에 열린 열매와 올해 피는 꽃이 함께 있다. 실화상봉수(實花相逢樹)라고 한다지. 잎과 꽃이 절대로 만날 수 없어 슬픈 상사화완 다르다.

밭으로 올라가는 비탈길에 차나무를 심고 가꾼 지 몇 년 만에 녹색 차밭 길을 얻게 되었다. 우윳빛 차꽃에 코를 들이밀고 향내를 맡는다. 꿀 내음이 은근하다. 달큰한 꽃들을 따서 꽃차를 만들까, 통통한 열매들을 따서 기름을 낼까, 기분 좋은 생각으로 걸음이 더디다. 산까치들도 시끄럽다.

익숙한 색소폰 소리가 들린다. 산자락 아래 농막을 짓고 홀로 기거하는 분이다. 작은 농장을 가꾸며 다양한 공예품을 만든다. 그분은 늘 귀를 밖으로 열어놓는지 우리가 도착하는 것을 금방 안다. 차 소리를 듣고 집 밖으로 나와 반기거나 연주를 하여 우리를 환영한다.

어느 땐 색소폰을, 어느 땐 기타를, 또 어느 땐 하모니카로 골짜기를 들뜨게 한다. 가끔 우린 잘 익은 술병이나 과일 봉지를 들고 그분에게 간다. 연주에 맞춰 노래를 부르고 춤을 추며 어울린다. 대나무 숲이 둘러쳐진 그분의 작은 오두막 마당이 때 아닌 연주장으로 변한다.

변두리 산자락에 작은 텃밭을 구한 건 남편이 퇴직을 하고 3년쯤 지나서였다. 평생 일만 하던 사람이 갑자기 일손을 놓게 되니 몸도 마음도 많이 힘들어했다. 그동안 못 했던 것들을 해보라고 했지만 그것만으론 성에 안 차는지 다른 소일거리가 있는 게 좋겠다며 생각해낸 게 흙을 만지는 거였다.

오래 버려둔 듯 잡초가 무성한 땅을 구한 다음 날부터 신이 나서 뚝딱거렸다. 허술하지만 원두막을 짓고 복숭아나무 아래 식탁을 앉혀 쉼터도 만들었다. 우린 이 골짜기를 '복사골'이라 부른다. 복숭아나무가 여러 그루 있기도 하지만 매화꽃 살구꽃 복사꽃 감꽃들이 줄지어 피니 고향인 듯 스며들어 위안을 받고 싶기 때문이다.

삼이웃 밭주인들도 비슷한 형편이다. 아래위 밭둑을 건너다니며 서로 마음을 나눈다. 그동안 한 분이 세상을 떠나 남은 이들을 슬프게 했지만 그분 아들이 합쳐 다시 활력을 보탰다. 지금 복사골이 달달하다. 골골마다 가을이 익고 사람들도 깊어 간다. 흙이 답이다.

다시, 안개의
계절이다

영상은 안개가 자욱한 숲을 보여준다. 나무들의 절반은 거의 지워져 수묵화인 듯 그윽하다. 숲 사이로 난 희미한 오솔길 위쪽에서 잿빛 바랑을 짊어진 노스님이 내려온다. 안개 속으로 천천히 스며드는 모습이 평화롭다. 아래쪽에서는 등산복 차림의 젊은 남자가 푸른 배낭을 메고 오른다. 걷는 듯, 둥둥 떠가는 듯, 두 사람은 서로 다른 쪽을 향해 사라진다. 새소리가 맑게 흩어진다.

가을이 깊어가는 이맘때면 내가 태어나 살던 고향 마을은 지독한 안개에 잠겼다. 밤새 어둠 속으로 흘러가던 강은 아침이면 안개를 피워 마당 안까지 들이닥쳤다. 대청에 서서 바라보는 담 너머 강과 산, 하늘과 신작로도 뿌연 안개에 먹혀 보이지 않았다. 익숙한 것들을 사라지게 하는 안개. 세상을 다 지우는 힘센 안개. 안개가 마을을 먹어치우는 날은 나는 주술에 걸린 듯 대문 밖을 들락거렸다.

그날 아침도 안개가 두터웠다. 학교 가는 길이었다. 아이들은 보이지 않고 나는 혼자 잔뜩 웅크린 채 안 보이는 길 위에서 더듬거렸다. 여기가 어디쯤일까. 안개가 흘러나오는 저 안쪽엔 무엇이 있을까. 생각마저 푹푹 빠질 때, 길 밖에서 붉은 주먹 같은 것들이 불쑥불쑥 안개를 열고 드러났다.

"겁먹지 마라. 길도 집도 학교도 이 속에 다 있다."

잘 익은 감들이 말을 걸었다. 멀리서 아이들 소리가 강물 소리처럼 흘러왔다. 강 너머 동쪽에서 해가 올라오는지 등 뒤로 햇살이 퍼졌다. 엷게 뚫린 안개는 서서히 물이 들다 사라졌다. 나는 감을 잡았다. 안개는 어린 내게 그만 읽혀버렸다. 안개의 속성을 알아버린 것이다.

사방이 먹먹하게 안개에게 먹힌 날엔 잠시 제자리에 멈추는 게 답이다. 발부터 머리까지 안개에 먹힌 채 어디가 어딘지 방향을 짐작해보는 것도 좋다. 그러다 느닷없이 먼 종소리를 들을 수도 있지 않겠는가. 희미하게 새 그림으로 열릴 수 있지 않겠는가. **사는 일이 그렇다. 가끔 오리무중이다.**

그러나 무엇을 걱정하는가. 우린 이미 안개에 먹혀봤고 안개 속을 걸어오지 않았던가. 안개의 독법을 알고 있지 않는가. 안개가 짙을수록 날은 더 쾌청하다. 해가 뜨면 안개는 사라지고 막막했던 만큼 달라진 세상을 만날 수 있다. 다시, 오감을 열자. 안개의 계절이다.

어느
꼰대 이야기

그다. 동료들과 함께 노란 깃발
을 들고 흔든다. 초등학교로 올라가는 이면도로 사거리에서 학생
들의 등굣길 안내를 하는 모양이다. 모자에 마스크, 검은 선글라
스를 낀 채 형광색 조끼까지 입었지만 틀림없다. 아는 척을 해야 하
나, 잠깐 멈칫거리다 방해가 될까 봐 그냥 행인들에 묻어 멀찍이 지
나간다. 알아채지 못했을 것이다.

구청 평생학습관에서 지역민들을 위한 글쓰기 강좌를 할 때였
다. 제일 먼저 강의실에 들어와 자리를 잡은 이도 그였고, 한 주도
빠짐없이 글을 써 오는 이도 그였다. 백발에 긴 눈썹까지 하얘 어느
먼 산속에서 오래 묵다가 하산한 도인 같았다. 써 온 글을 읽거나
타인의 글에 의견을 얘기할 때 낮은 목소리는 울림이 깊었다.

건설 노동자라고 자신을 소개한 그는 때론 시를, 때론 수필을,
때론 소설을 써 왔다. 시의 이미지는 신선했고, 수필의 문장은 유려
했으며, 소설의 서사는 다양하고 재미있었다. 글을 위해 현장을 몇
번씩이나 답사를 하고 주변인들을 취재하여 기록하는 것을 마다하
지 않았다.

**개인의 역사가 사회의 역사가 된다, 자기만 쓸 수 있는 얘기를 써
보라.** 나는 다양한 연령대의 수강생들을 독려했고 최고령인 그의

열정과 글 속에 담긴 사색은 단연 우등이었다. 매 주 은발을 휘날리며 그가 도착했고 우리는 그의 글을 읽고 듣는 재미에 빠졌다.

그렇게 2,3년쯤 지났을까. 팔순이 된 그에게 기념으로 산문집을 묶어보는 것이 어떻겠냐고 권했다. 손사래를 치더니 어느 날 이메일로 원고를 보내왔다. 출판사에 원고를 넘긴 몇 달 뒤 따끈따끈한 책을 들고 아들과 함께 찾아왔다. 지병이던 황반변성으로 시력을 거의 잃어 쓸 수도 읽을 수도 없게 되었다며 눈시울이 젖었다.

가던 걸음을 멈추고 뒤돌아서 깃발이 펄럭거리는 사거리를 한참동안 바라본다. 여전하다. 등교하는 학생들을 다정하게 맞이하며 선하게 웃고 있을 것이다. 고맙다고, 선생님이 밀어붙여 준 덕분이라고, 자신의 책을 안고 올먹거리던 저분이 선생이시다. 아름다운 역사가 된 꼰대 작가 포에버!

천리를
생각한다

한 며칠 비가 내렸다. 위쪽 지
방에서는 눈이 왔단다. 봄의 길목에서 내리는 눈은 봄을 향한 걸
음들을 잠깐 제자리에 멈춰 서게 한다. 절정의 순간을 위해 견뎌야
할 시간이겠다. 막 피어나거나 만개한 꽃들 위에 흰 눈이 쌓여 있는
사진 속 풍경은 현실이지만 현실 같지 않다. 이미 계절의 경계도 시
공도 사라진, 아득한 꿈속인 듯하다.

천리향이 만개했다. 작은 별모양의 꽃들이 둥글게 모여 가지 끝
이파리 위에 앉아 있다. 꽃숭어리들이 아기 주먹만 하다. 가까이 엎
드리지 않아도 달달한 향이 짙게 퍼진다. 꽃말이 '꿈속의 사랑'이란
다. 현실 너머 알 수 없는 꿈속까지 가닿는 향기란 말인가. 어떤 진
한 사랑에 빠졌다 해도 깨어나면 꿈이었던 듯 허무하단 것인가.

언젠가 시집 1차 교정지가 왔을 때다. 어떤 숫자 단위에 띄어쓰
기 교정 부호가 붉게 붙어 있었다. 띄어 쓰는 게 맞다. 하지만 난
다시 붙여서 보냈다. 정확한 숫자라기보다 긴 시간을 보여주는 하
나의 단어로 쓰고 싶다, 했더니 출판사측에서 수긍을 했다. 문법
상 틀린 표기일지라도 나는 굳이 그 자리에 그렇게 쓰기를 고집했
던 것이다.

'천리타향', '천신만고', '천년의 약속', '천개의 바람' 같은 천은 일

천千이지만 딱 숫자 1,000을 가리킨다기보다 멀고, 길고, 많고, 오래되고, 아득하고, 사무치는 것들을 나타내는 특별한 의미의 단어라 생각한다. 그만큼 천이란 말은 이미 그 숫자를 넘어 개개인의 마음속에 자리한, 이를테면 그리움이나 슬픔의 거리이고 질량인 셈이다.

　집의 안팎을 서성이며 천리를 생각한다. 아득 속으로 들어가 버린 이름들을 불러본다. 당분간은 이 향기 속으로 내 모든 그리움이 향할 것이고 나는 좀 헤맬 것이다. **아주 먼 곳인 듯, 아니 어쩌면 아주 가까운 곳인 듯, 겹겹의 거리를 만들어주는 천리. 천리향. 나는 꿈속인 듯 생시인 듯 무수 무량의 시공을 더듬으며 당신을 불러 찾을 것이다.**

고마
밥 묵자

밥물이 끓는 동안 폰을 뒤적거리다 앨범에 저장되어 있는 민들레 사진을 들여다본다. 금방이라도 날아갈 듯 하얗게 센 갓털 사이로 작은 곤충 두 마리가 자리를 잡았다. 민들레는 그들을 모른 척 속속들이 저를 다 드러내놓고 고요하다. 습한 바람이 분다. 비가 쏟아지려나.

어느 분이 SNS에 올린 '사전연명의료의향서' 글은 많은 사람들의 관심을 끌고 있다. 자신의 카드 인증 사진까지 올려놨다. 다양한 댓글들이 붙었다. 너무 이르다, 자연스럽게 두는 게 낫지 않겠나, 하는 의견도 있지만 대부분 긍정적이다. 자신의 사후 '장기 기증서'를 올려놓고 응원하는 이도 있다.

평소에 같은 생각을 하고 있던 나는 그분의 결정에 공감했다. '연명 치료 거부'나 '사후 장기 기증'은 본인이 신중하게 생각해서 생전에 미리 문서화해두는 것이 좋겠다. 의학적으로 회생 불가능일 때 환자의 자기 결정권에 의해 치료를 중단하거나 사후 장기 기증은 아름다운 엔딩일 것이다.

언젠가 남편을 먼저 보낸 지인이 후회되는 게 있다고 울먹거렸다. 먼저 떠난 이에게 후회되는 일 없는 사람 어디 있겠냐고 다독이는데 뜻밖에 '사전연명의료의향서' 얘기를 했다. 남편이 요양병원에서 마지막을 준비할 때 주변의 권유로 남편의 의견도 모른 채 대신 사인을 했다고. 그게 너무 미안하다고.

의식이 없어도 곁에만 있으면 언제든 보고, 만지고, 느낄 수 있으니 얼마나 좋겠냐는 생각이 들기도 할 것이다. 몇 년간 뇌사 상태로 있다가 어느 날 기적처럼 눈을 뜬 사람의 소식도 간혹 들리지 않는가. 그러나 기적은 기적일 뿐, 그런 경우가 얼마나 될까. 남은 자의 죄책감만 무겁게 할 뿐이다.

'사전연명의료의향서'는 법이 정한 의료 기관이나 보건소에 등록하면 '연명의료결정법'에 의해 효력이 생긴다고 한다. **영원으로 가는 기차에 언제 올라타더라도 아쉬움이나 후회가 없도록 우리 삶도 가끔 중간 결산이 필요하다.** 아직 건강할 때, 정신이 맑을 때, 분기별 혹은 연중행사인 듯, 그러나 그 일은 좀 쓸쓸하긴 하다.

허기가 진다. 고마 밥 묵자.

세상의
첫날처럼

입추 말복이 지났다. 세상을 볶아대던 무더위도 기가 많이 꺾였다. 아침저녁으로 부는 바람의 온도가 달라졌고 오두막 마당엔 소국들이 피기 시작했다. 뜨거운 여름을 지나는 동안 작은 꽃망울들을 품더니 색색의 꽃송이를 터뜨려 주변을 선명하게 만든다.

가을이다. 가을이 오니 국화가 피는 게 아니라 국화가 피니 가을이 오게 된 것이다. 삼복더위에도 국화는 꽃망울을 밀어내며 자신의 가을을 만들었던 것이다. 미리 앞당겨 해야 할 게 뭐냐, 중얼거리다가 준비도 없이, 대책도 없이 계절을 보내고 맞는 나를 돌아본다.

언제부턴가 나는 계절을 늦추고 싶어졌다. 시간을 좀 더디게 보내고 싶다는 말이 맞을 것 같다. 너무 빠르게 달려가는 세월의 등에 올라타고 있다는 것을 느끼게 되었다는 것은 나이가 들었다는 뜻이다. 이 사람아, 아직은 청춘이다. 나이 드신 분들은 그러지만 시간을 붙잡고 싶은 것은 나나 그들이나 별 다를 게 없을 것이다.

잡는다고 잡힐 시간일까만 여전히 새벽에 잠을 깬다. 누구에게나 하루 24시간 공평하게 주어졌지만 새벽에 깨어 이것저것 들추며, 달그락거리며, 내 시간을 만든다. 어린 그때도 그랬다. 엄마는 이런 나를 '새벽꼴뚜라미'라 불렀고 나는 엄마가 마련해둔 간식 소쿠리를 안은 채 새벽을 건넜다. 그땐 그저 새벽이 좋았다.

새벽은 늘 세상의 첫날처럼 신선했다. 안개 속으로 자박자박 흐르는 강물 소리가 대청까지 들어와 출렁거렸다. 문틈 사이로 별들이 사라지거나 바람이 조금씩 어둠을 밀어내는 것도 볼 수 있다. 산 너머 먼 절집의 북소리나 이웃 동네 교회당에서 치는 종소리까지 나를 두근거리게 했다.

새벽은 어제를 정화시켜놓는다. 싱싱하게 새 페이지를 열어 다시 못 할 것 없다는 힘을 부어준다. 일찍 일어나면 그만큼 새벽의 총량이 많아져 좋다. 정적으로 싸인 천지 사방을 어김없이 귀뚜라미가 뚫어댄다. 예나 지금이나 귀뚜라미는 새벽을 뚫어대는 또 다른 나다.

새벽꼴뚜라미야, 하고 불러주던 사람들은 이제 없지만 나는 스스로 새벽을 만든다. 세상의 첫날처럼 새벽을 열고, 새벽은 침침해지는 나를 연다.

시인이란
직업

밭에서 캐다놓은 도라지가 몇 날 며칠 나뒹굴고 있어 오늘은 저것으로 뭘 좀 해야겠다 생각할 때다. 식탁에 놓여 있던 셀폰이 연달아 소리를 낸다. 초등학교 친구들이 들어 있는 단톡방이다. '3위 신부, 2위 수녀… 한국에서 가장 가난한 직업 1위는?' 나는 친구들이 이 방에 올려놓는 것들에 대체로 무심한데 오늘은 이 제목에 끌려 기사를 클릭했다. '한국고용정보원'이 제공한 2019년 6월 자료에서 그 영광의 1위가 시인이라고 한다.

시만으로는 살 수가 없어서, 아니 시를 쓰기 위해서, 나는 20년이 넘도록 소위 보따리장수를 했다. 월요일을 제외한 주중과 주말에 글쓰기 강사를 하다 보니 휴일은 오직 월요일뿐이었다. 주말에 하는 그 어떤 행사에도 참석할 수가 없었고 여행 같은 건 꿈도 꿔보지 못했다.

"너는 성직자 반열이다."

그때 몹시 힘들어하는 내게 위로를 해준 벗이 있다. 가톨릭 신자인 친구는 신부님과 수녀님들은 월요일이 휴일이라 알려줬다. 나는 그때부터 성직자들을 생각했다. 내 수고가 그분들의 몇 분의 일이라도 될까만 내게 기운을 주고 싶어 성직 반열이라 여기며 고된 날들을 견뎠다.

자료에 있는 소득 하위 1위에서 10위까지의 직업군에 속하는, 속했던, 내 친구들은 나 말고 없는 것 같다. 이 기사를 올려 가난한 시인을 위로해준 친구야, 고맙다. 그래서 그동안 친구들은 내게 감자, 사과 상자도 보내주고, 땅콩, 참기름도 보내주었구나. 하지만 친구들아, 이제부턴 시를 읽어줘. 가난한 시인들의 시집을 사서 지인들에게 선물도 해주고.

나는 흙이 잔뜩 묻어 있는 도라지들을 벅벅 씻으며 「도라지타령」을 부른다.

"한두 뿌리만 캐어도 대바구니가 스리 살살 다 넘는다."

아마도 돈을 벌기 위해 시를 쓰는 시인은 없을 것이다. 하지만 시어 하나, 시 한 줄에도 밤을 꼴딱 새우는 게 시인이다. **자신이 쏟아낸 시 한 편이 자신은 물론 누군가의 삶을 따뜻하게 데운다고 생각하면 그것만으로도 배가 부르고 행복해지는 게 시인이다. 그래서 평생 이직을 못 하는 것이다.**

부산의
바다들

내가 부산을 좋아하는 여러 이유 중 하나는 바다가 많다는 것이다. 부산 어느 지역이든 지척에 바다를 두었거나 조금만 달려가면 품을 연 바다를 만날 수 있다. 다 다른 특징을 가지고 있어 찾는 곳마다 다른 모습으로 반긴다. 형편에 따라 그때그때 골라서 찾아가 자신만의 이야기를 생산할 수 있는 바다. 그래서 나는 부산이 좋다.

부산, 하면 가장 먼저 연상되는 해운대. 동해와 남해를 가르는 지점인 오륙도. 남성적인 힘이 솟구치는 태종대. 여성적이고 모성적인 다대포. 해수욕장으로 가장 오래되었다는 송도. 언제 가도 편안한 광안리. 엎드려 울기 좋은 청사포. 그리고 현세와 과거세를 오가게 되는 송정과 일광. 나는 이 많은 바다를 찾을 때마다 의미를 부여한다.

태종대의 절벽에 폭발하듯 부딪치는 파도를 만나면 식어가는 내 안의 열정이 살아난다. **바위에 걸터앉으면 마구 달려드는, 바다는 내 첫사랑이고 끝사랑이다.** 다대포 넓은 모래밭에 서면 내가 파먹은 엄마 생각으로 엄마, 엄마, 부르며 이쪽에서 저쪽까지 맨발로 달려간다. 거기 내 사랑하는 이들이 머물고 있는 듯, 언제 가도 이 두 곳은 나를 살려준다.

첫 데이트 때 남편이 보트를 태워준 송도는 늘 추억의 공간으로 남겨두고, 동해와 남해를 가르는 지점 오륙도 앞에 서면 노래를 부른다. 여기에서 닿을 듯 닿지 못하는 섬을 향해 노래인 듯 시인 듯 쏟아내지 못하면 잠을 이룰 수 없다. 내가 바다인지 바다가 나인지 분별이 일지 않는 광안리는 안마당인 듯 가장 자주 찾는 곳이다. 그곳 갈매기나 비둘기들은 언제 가도 나를 알아볼 것이다.

해운대에 들면 먼저 동백섬을 돈다. 동백나무 사이로 들이닥치는 바다와 숨바꼭질을 하다 긴 백사장으로 내려서 걷는다. 미포에 닿으면 문텐로드나 철길을 따라 청사포까지 간다. 청사포는 엎드려 울기 좋은 곳이다. 푸른 뱀 같은 바다에 안겨 묵혀둔 속울음을 쏟은 뒤 툭툭 털고 일어선다. 송정과 일광에서 가끔 나만의 용신과 학을 만나 전설을 듣는다.

부산의 바다가 어디 이곳뿐일까. 부산 사람이라면 누구나 자기만의 바다를 품고 있을 것이다. 그곳에서 절망을 희망으로 바꾸고 이별을 더 큰 사랑으로 바꾸며 아름답게 일어설 것이다. 거친 것 같지만 대양처럼 깊고 넓고 화끈한 부산 사람들. 반세기를 부산에서 뒹군 내게서도 바다 냄새가 난다고 한다. 먼 당신, 바다가 많은 부산, 어디에 가고 싶으신가.

4부

무덤 곁에서
쓰는 편지

길, 길, 길

"아빠, 어디야? 언제 와?"

솜사탕처럼 달콤한 아이의 목소리가 옆에 앉은 내게까지 들린다.

"으응, 전철 안인데 조금만 더 기다릴래? 으, 그래… 그래, 알았어… 으응…."

어린 딸의 전화를 받는 젊은 아빠의 목소리는 솜사탕보다 더 부드럽고 달콤하다. 나는 씨익 웃는다. 찌개 냄비를 불 위에 올려놓고 젊은 아내는 몇 번씩 시계를 쳐다보다 어린 딸에게 수화기를 들려 줬겠지. 아빠 어디쯤 오실까, 물어볼래?

내 기억 속에 어린 날의 스틸 몇 장이 선명하게 남아 지금도 가끔씩 뚜껑을 연다. 그중 하나가 읍내로 이어진 고갯길이다. 명절이나 집안 대소사 때면 오지 않는 종손을 기다리던 일가친척들이 마음 졸이며 바라보던 길. 어쩌다 계절풍처럼 돌아와 집안을 휩쓸고는 객보다 먼저 자리를 털고 휙 떠나버리던 먼 아버지의 길.

초등학교 시절 문예부 선생님께 이끌려 낯선 도시에서 치렀던 백일장, 맨 처음 시라는 것을 써서 상을 받았던 것도 지금 생각해보면 길에 대한 것이었다. 들꽃들이 활짝 핀 신작로, 하지만 꽃처럼 환하게 웃을 수 없던 길, 무언가를 잃어버려 종일 찾아 헤매던 길,

쪼그려 앉아 한없이 분노를 키운 길, 그 길이 내 시의 시작이었다.

걷잡을 수 없이 몰락해가는 집안을 바라보는 것만으로도 힘겨운 시절, 나는 스스로 내 미래를 포기했다. 그리고 짧은 방황. 하지만 곰팡내 나는 족보나 가문, 내 욕망 같은 것은 포기할 수 있어도 대주가 버린 가문을 평생 뿌리혹처럼 붙들고 사시는 어머니는 외면할 수 없어 힘겹게 나를 추슬렀다.

내 미래에 대한 설계는 전면 수정되어야 했다. 이런저런 꿈들을 먼 별로 걸어둔 채 오랫동안 세상과 힘겨운 투쟁을 했다. 가고 싶은 곳을 향해 제대로 걸어보지도 못하고 암울한 길 위에서 절망감에 떨었다. 그러나 그때 그 죽음 같은 절망과 상실감이 나를 키운 줄 먼 훗날에야 알았다.

물이 되지 못하고
불이 되지 못하고
어머니
나는 사람이 되지 못하고
절뚝이며 절뚝이며 떠도는
끝없는 유랑의 바람이 되었습니다

핏물 범벅이 된 탯줄에 묶여

성황당, 어머니 비손의 향불을 등진 채

족보도 없이 떠다닙니다.

(중략)

헤매는 발끝마다 흩어진

내 슬픈 눈물인 듯 지천으로 흐드러진 야생화

그 서러운 뿌리 곁에 밤과 낮을 묻으며

어머니

씨알 하나 떨구지 못한 나는

죽을 수도 없는 절망입니다

— 권애숙, 「판수 이야기」 부분

경주에서 마지막 남은 가을을 주워 돌아오는 길이었다. 해안에는 오징어들이 건조대 가득 걸려 길손들에게 말을 걸었다. 그들의 전생을 들여다보고 있을 때, 둥. 둥. 둥. 어디선가 신을 부르는 소리가 들렸다. 제물이 차려진 상 밑으로 바다를 향해 흰 광목천이 좍 펼쳐져 있다.

인간 세계와 신의 세계를 이어주는 길이다. 주문을 외며 무당은

용신을 부르고, 여인네 둘이 모래밭에 엎드려 끊임없이 뭔가를 기원하고 있다. 그들은 몇 시간째 절하고 또 절했을까. 한지에 쓰인 이름들이 바람에 펄럭이고 있다. 바다를 건너 정갈한 길을 따라 천천히 걸어 나온 용신이 여인들 머리 위에 손을 얹고 축원하는 것을, 취한 듯 나는 본 것 같다.

시를 쓰면서 종종 접신을 경험한다. 둥. 둥. 둥. 내 안의 북을 울려 대상 속으로 걸어 들어가 그 속에서 피 흘리는 자아와 세계의 갈등을 만난다. 그들이 나를 쓰러뜨리기도 하고 내가 그들을 쓰러뜨리기도 한다. **인식과 사유의 신작로를 밟고 다니며 세상과 현실과 삶에 주문을 걸어 씨를 받고, 키우고, 새끼를 낳는 길, 시인은 길 위에서 끊임없이 통정하고 또 통정해야 한다.**

고독한
샘 파기

언젠가 티비를 통해 사막에 터전을 대고 있는 원주민들을 만난 적이 있다. 그들은 일생을 샘 파는 일에 바쳤다. 언제 어느 때 말라들지 모를 샘에 대한 불안감으로 샘 하나가 완성되면 또다시 다른 샘을 파기 시작했다. 아버지에서 아들에게로 또 그 아들에게로 대를 이은 샘 파기는 성스러운 종교 의식과도 같았다.

믿음 하나로 척박한 땅을 파고 또 파는 그들에게 사막은 한 순간 아득하게 숨겨둔 물줄기를 성령처럼 선사했다. 샘은 사막의 모든 생명을 주관한다. 샘이 있는 곳에 사람도 동물도 식물도 모여들어 등 비비며 희로애락의 삶을 엮어간다.

읍내에서 중학교를 다닐 때였다. 자취를 하던 주인집엔 샘이 없었다. 대문 밖 골목에 공동 샘이 있었는데 아침저녁으로 담 너머에서 들리는 여인들의 두런거림이며 풍덩, 풍덩, 던져 넣는 두레박 소리가 참 듣기 좋았다. 나는 그 샘가에 앉아 참새 모이만큼의 쌀도 씻고 작은 냄비며 밥그릇, 숟가락, 덜 깬 잠을 씻어냈다.

십여 년 전, 그 골목을 찾아보니 물줄기가 끊긴 샘은 쓰레기로 막혀 있고 콘크리트 테두리만 덩그러니 남아 있었다. 그나마 지금은 길을 넓혀 그 흔적도 없다 하니 밤별처럼 모여 반짝거리던 내 어린 날의 동무들도 꿈도 샘과 함께 사라지고 말았다.

시 쓰기는 끊임없는 샘 파기다. 내 속에 혹은 세상 속에 숨은 물줄기를 찾아 패철을 놓는 일이고, 첨벙 첨벙 두레박을 던져 넣어 시원하고 정갈한 물을 길어 올리는 일이고. 바닥에 갈앉은 물때며 허섭스레기를 청소하는 일이고, 또다시 세상 여기저기 물길을 찾아 곡괭이를 찍는 일이다.

길을 찾아야 해.

패철하고 장자님 수맥 찾아 나서신다.

길은 어디로든 뚫려 있다네. 다만 우리가 선뜻 찾을 수 없을 뿐 땅 위에서나 땅 밑에서나 제 갈 곳을 향해 굽이치고 있다네. 우리가 눈여겨보지 않은 묵정밭 그 엉킨 잡풀의 매듭 속을 끌러보게. 숨통을 터야 해 우리 발밑으로 불끈 불끈 근육 치솟으며 물은 헐떡이고 있을 걸세.

— 권애숙, 「毛禮의 집 - 터닦기」 부분

연중행사처럼 가을이면 가는 곳이 있다. 경북 선산 도개에 있는 '모례장자가(毛禮長子家)'다. 지금은 행정구역 개편으로 구미시에

편입되어 선산이란 이름이 사라졌지만 나는 굳이 내 고향을 선산이라 고집한다.

해동불교의 발상지인 '모례장자가'는 아도 화상이 신분을 숨기고 머슴으로 들어가 불교를 전파하던 집이다. 지금은 그때 파놓은 샘 '모례정(毛禮井)'만이 빈터에 덩실 남아 천 년도 더 지난 오늘까지 맑은 물을 퐁퐁 쏟아내고 있다.

일전에 다시 그곳을 찾았다. 붉은 감나무 잎과 샛노란 은행잎이 샘 주위를 융단처럼 덮고 있었다. 어둠이 깔리는 샘 주위로 옹기종기 어깨를 겯고 있는 집들이 보였다. 추녀 끝에 깎아 건 곶감들이 줄줄이 단내를 풍기고 저녁 짓는 냄새도 구수하게 났다.

나는 커다란 돌을 깎아 짜놓은 우물 정(井) 자 모양의 테두리가 좋아 한동안 바닥에 쭈그리고 앉은 채 그 물을 먹었을 아도 화상과 모례 장자님과 아름다운 신라 사람들을 불러냈다. '네가 시를 아느냐. 시의 물길을 터 시의 샘을 팔 요량이냐.' 첨벙첨벙 물소리를 내며 그들은 내 등짝을 후려치고 있었다.

'모례정' 물을 지금도 그곳 사람들은 먹는다고 한다. 두레박은 없고 나무로 짠 뚜껑으로 덮여 있어 한쪽을 밀고 들여다보니 우물 속으로 몇 개의 관을 꽂아 집으로 연결한 것이 보였다. 이 샘물로 그들은 조석을 꾸리고 몸도 마음도 닦았을 것이다.

천 년이 넘도록 퍼내고 또 퍼내는 그곳 사람들이 참으로 아름다운 시인이란 생각이 들었다. 끊임없이 시의 샘을 퍼낼 일이다. 나를 퍼내고, 세상을 퍼내고, 어제를 퍼내고, 오늘을 퍼내고, 한 천 년이 지나도 마르지 않을 '모례정' 같은 시의 샘을 가꿀 일이다.

짐차의
노래

가을의 끝자락이다. 너무 늦었어, 하며 포기하기엔 아직 이른 것 같고 그렇다고 뭔가를 도모하기엔 너무 늦은 때인 것 같다. 두꺼운 옷을 꺼내 입으며 늦가을이 주는 적막함에 잠시 주위를 둘러본다. 구조 조정이니, 퇴출이니, 실직이란 말들이 마른 낙엽처럼 아직도 우리 주위를 스산하게 떠돌고 있다.

여름 내내 역 광장에서 노숙을 하던 이들이 지하철역으로 몰리고 있단다. 따뜻한 남쪽 도시라고 전국의 실직자들이 부산으로 다 모여드는 것인지 지하철역 노숙자들의 숫자는 더 늘어간다고만 하니, 세상은 지금 어둡고 긴 터널을 지나고 있는 모양이다.

일을 잃어버린 사람은 희망을 잃어버린 것이다. 희망을 잃어버린다는 것은 곧 삶을 잃어버리는 것이다. 자신감을 상실한 채 몸도 마음도 한랭대에서 덜덜거리는 저 빈 차들. 누가 저들에게 짐이라도 지워 짐차의 노래를 부르게 할 수 있을까.

일이 하기 싫을 나이에, 천방지축 친구들과 활개를 치고 다닐 나이에, 일을 찾아 병이 나도록 헤매 다닌 적이 있다. 갈라터진 손가락을 감싸 쥐고 낯선 도시의 한 구석에서 이무기처럼 울던 적이 있다. 승천하지 못한 채 깊은 소에서 꿈틀거리며 긴 겨울밤을 쩌렁쩌

렁 얼음 갈라지는 소리를 질러대던 적이 있다.

'강물을 거슬러 올라가는 은어가 되고 싶습니다. 신이여, 제게 더 큰 시련과 고통을 주소서. 그 시련과 고통을 견뎌낼 힘과 지혜도 함께 주소서.' 빡빡하게 곁을 내주지 않는 세상과 한바탕 힘을 겨루던 시절, 내 청년기의 기도문이다. 일기를 쓸 때마다 맨 먼저 이 구절을 써놓고 홀로 고통의 제의를 치르곤 했다. 고통만이 고통을 이길 수 있는 법. 고통의 중심을 관통하자는 이 기도문으로 하여 나는 거뜬히 내 청년기를 쓰러지지 않고 반듯하게 건너온 것 같다.

　　짐차가 되고 싶어

　　가볍게 흔들리는
　　삶의 중심을 그가
　　내 보인다
　　애초에 지닌 것 없어
　　아무것도 부릴 것 없노라며
　　쓸쓸히 웃는다
　　등뼈 휘도록

무거운 짐이라도 져
중심을 잡고 싶은 바닥

지고 싶지 않은 짐이
콱 쏟아버리고 싶은 짐이
삶의 추가 된다
그리움이 된다
― 권애숙, 「짐차」 전문

짐이란 원래 부담스럽고, 무겁고, 귀찮고, 힘든 것이다. 그러므로 함부로 지고 싶지 않고 언제든 콱 쏟아버리고 싶은 것이다. 하지만 그 짐이 삶의 중심을 잡아주는 추가 될 때 우리는 짐이 그리워진다. 탱탱하게 등뼈 휘도록 짐을 올려 싣고 볼끈볼끈 밧줄을 졸라맨 채 어딘가로 달려가는 짐차는 든든한 희망이다. 중심을 꽉 잡고 흔들림 없이 목적지를 향해 묵묵히 달려가는 짐차는 세상을 환하고 풍요롭게 한다.

사람들은 나를 두고 고통의 시인, 절망의 시인이라고 한다. 맞는 말이다. **고통과 절망은 내 에너지다. 내 속에 들끓는 아픔들이 불**

을 질러 날 일으켜 세웠고, 바닥을 친 절망이 가시와 향기의 꽃을 피게 했으니 고통과 절망은 내 시의 어머니다. 나는 고통과 절망을 통해 실존을 확인한다. 똑바로 바라보고 즐겁게 받아들여 가지고 놀며 그것들로 하여금 나를 기록하게 하고 새로운 무엇으로 탄생되는 나와 세계를 본다.

언젠가 시를 공부하던 후배가 "어떻게 하면 시를 잘 쓸 수 있을까요?" 묻길래 머릿속에 있는 기름기를 빼보라고 했다. 그게 결코 정답일 수는 없겠지만 그때 그 후배는 삶의 아픔이라곤 전혀 모르는 온실 속 화초 같아 희로애락의 진국들이 모여 있는 삶의 밑바닥을 들여다보라고 한 것 같다. 진한 땀과 피 냄새를 지향하는 나로선 당연한 대답이었다.

바닥을 내놓고 털털거리며 세상길을 달려가는 빈 차들의 행렬이 잦다. 무게 중심이 없는 빈 차는 하나같이 많이 흔들리고 시끄럽다. 시의 빈 차가 되지 말기. 육신의 짐이든 정신의 짐이든 적정량 쌓아 올리기. 짐은 곧 나를 곧추세우는 희망이며 중심을 잡아주는 추란 사실 상기하고 또 상기하기.

활인검(活人劍)을
갈다

각(刻)을 하는 그는 작업에 들기 전 오랫동안 정성들여 칼을 간다. 여러 가지 모양의 크고 작은 칼들을 주루루 내놓고 숫돌이나 사포에 사그락 사그락 날을 갈고 있는 그의 모습은 너무 경건해 숨소리조차 건드릴 수가 없다. 가만히 들여다보면 돌에 쓰이는 칼과 나무에 쓰이는 칼이 다르고 처음에 쓰이는 칼과 나중에 쓰이는 칼이 다르다. 칼에 따라 숫돌의 모양이 달라지고 사포의 호수가 달라질 뿐만 아니라 칼을 가는 방향과 속도도 각각 다르다.

파랗게 날선 칼끝을 세우고 손가락 끝으로 천천히 칼날의 예리함을 감지하고 있는 그를 바라보고 있으면 이미 서늘한 칼끝에선 따뜻하고 부신 새 생명의 기척이 일곤 한다. 차가운 돌이나 평범한 나무 등걸에서 이슬을 머금은 꽃잎을 피우기도 하고 자신의 존재를 들여다보는 어둠 속의 학이나 투명한 기운을 뿜어내는 선인을 불러오기도 한다. 또한 무덤에서 나온 선사 시대 글자들이나 그림에서까지 툭툭 맥박이 뛰고 싱싱한 숨소리가 들리기도 한다.

첫 시집이 나오고 얼마 후 모 신문사 문화부 기자는 내게 도(刀)와 검(劍)에 대해서 이야기했다. 얼굴을 가린 악인의 칼과 얼굴을 드러낸 의인의 칼이며, 복수의 칼과 용서의 칼에 대해서 말한 것 같다. 진정한 검객은 활인검을 쓰는 거라며 내 붓이 사람과 세상을 살려내는 활인검이 되었으면 좋겠다고도 했다. 언어와 사상의 날을 갈아 나를 살리고 세상을 살리는 길, 시를 쓰는 동안 줄곧 그의 말은 예리하게 날을 세워 나를 일깨우는 또 다른 칼이 되었다.

살려낸다는 것은 사랑이다. 끈질긴 관심으로 새로운 관계를 형성하는 것이다. **시인은 검객이 되어야 한다. 옷자락에서 휘파람 소리를 내며 산모퉁이를 돌아가는 무협지의 검객처럼 언어의 숲을 헤치고 다니는 칼의 달인이 되어야 한다.** 파란 달빛을 쩍쩍 가르는 고수의 검법으로 어르고, 달래고, 밀고, 당기고, 뜸하게 여백을 주다 순간, 천지를 가르는 일갈, 얍! 드디어 깊은 행간을 열며 환한 모습으로 일어서는 시의 맑은 얼굴을 만날 수 있다.

나는 나와 세상에 대해 내 식의 검법을 만들고 또 꺼내 쓰고자한다. 멀리서 관찰하기, 살살 달래기, 큰소리로 으름장 놓기, 한없이 기다리기, 웃으며 보내기, 울면서 붙잡기, 모른 척 돌아서기, 눈 찡긋거리며 딴전 피우기, 날마다 아파하기, 날마다 기뻐하기, 무조건 끌어안기, 단도직입적으로 들어가기, 칼등으로 내리치기, 수십 합 겨루기, 단칼에 베어내기, 이러기, 저러기…

정수리 그득 끈끈한 고뇌를 채운 채 깊고 뚜렷이 디디고 가는 발자국, 움푹 패인 상처마다 뭉클하게 진국 풀어놓는 이 시대 못 말리는 길손이 있지요 가슴께 불룩한 정감의 방 넓혀놓고 차가운 이성으로 여는 세계, 먹물은 밥풀로 문질러야 말끔히 지워지더라 우리 끈적한 밥덩이로 치대면 허허허 검은 갈등을 게워내는 푹 젖고 싶은 수묵빛 사랑이 있지요 우리 알 수 없는 희열에 들떠 찬연히 살아 꿈틀거리는 문자가 되지요

　　— 권애숙, 「붓 하나 있지요」 부분

칼 갈아요, 칼. 잊을 만하면 칼갈이 노인은 골목을 짚고 올라온다. 이 집 저 집 앞에 서서 한참을 소리쳐도 내다보는 이가 없는 모양이다. 보던 책을 덮고 칼 하나를 찾아 대문 밖으로 나서며 "칼 갈아줘요" 하니 이가 빠져 합죽한 입술을 우물거리며 연장 가방을 내려놓는다. "칼 가는 사람 많아요?" 하고 물어보니 "웬걸요, 요즘 칼은 안 갈아도 잘 드나보네요" 하며 웃는다.

집에 칼 잘 가는 남자가 있는데도 나는 가끔 골목에 앉아 칼 가는 노인과 노닥거린다. 노인 옆에 쭈그리고 앉아 사그락거리는 소리를 듣고 있으면 윤오영의 수필 「방망이 깎던 노인」이 떠오른다. 갈아 날을 세울 줄 알고 깎아 생명을 넣을 줄 아는 인생의 고수들이다.

카툰으로
푸는 세상

"세상은 요지경, 요지경 속이다. 잘난 사람 잘난 대로 살고 못난 사람 못난 대로…" 한때 이런 노래가 장안에 화제가 된 적이 있다. 노래처럼 사람들 살아가는 모습을 가만히 살펴보면 정말 세상은 요지경 같다는 생각이 든다. 알쏭달쏭하고 묘한 세상일을 비유해 이르는 말이지만, 원래 요지경은 확대경이 달린 조그만 구멍을 통해 속에 들어 있는 여러 가지 그림을 돌리면서 들여다보는 장난감의 일종이다.

볼거리가 없던 예전엔 요지경을 짊어지고 이 동네 저 동네 옮겨 다니며 얘기를 전해주던 이가 있었다. 철철이 어디에선가 날아오는 철새처럼 커다란 풍구 같은 나무통을 짊어지고 와서는 동네 가운데다 정말 요지경 세상을 펼치곤 했다. 동전 한 닢을 내고는 어미 돼지에 붙어 젖을 빠는 새끼 돼지처럼 쪼르르 나무통에 붙어 서서 구멍 속을 들여다보았는데 그 신비로움이 꿈을 꾸는 것 같았다.

복사꽃이 피는 마을의 처자가 물동이를 이고 가는, 우리가 늘상 보던 모습일지라도 요지경이란 작은 구멍을 통해 보면 그건 또 다른 세상이 되어 출렁이고 있었다. 손잡이를 돌리며 그림이 달라질 때마다 변사처럼 유창하게 풀어내던 그이의 재담도 물론 한몫을 했지만, 굴절된 요지경 속의 풍경은 이미 새록새록 숨을 쉬며 때론 기쁨으로 따스한, 때론 슬픔으로 축축이 젖은 손을 내밀어 통 밖의 사람들을 끌어당겨 함께 뛰고 웃고 울게 하였다.

나는 그때 그 풍구 같은 통 속에 우리가 알지 못하는 신비로운 세상이 존재하는 줄만 알았다. 어른이 되고 나서 그런 요지경 속을 한 번 더 들여다보고 싶어 안달을 했지만 어디서도 찾아볼 수가 없었다. 평범한 것을 평범하지 않게, 보이지 않는 것을 보이게, 재구성해서 뽑아내는 시인의 눈은 요지경이다.

세상은 복잡하고 삶은 역설이다. 진실은 안으로 꼭꼭 숨어 흐르고, 모순적이고 불합리한 표면은 미끈하고 화려하다. 그런 세상과 삶의 전반을 예민한 감각으로 포착해서 새 몸을 주고 새 피를 돌게 하는 것, 그것이 시인의 몫이다.

두 번째 시집을 준비할 무렵, 나는 카툰에 빠져 있었다. 카툰은 또 다른 요지경이었다. 부산에서 활동하고 있는 카툰 작가들이 모여 그들의 작품 세계를 선보이는 전시회에 다녀오고 나서부터 언어로 그리는 카툰을 생각하기 시작했다. 카툰이 그림으로 쓴 시라면 시는 언어로 그리는 그림이다. 일반적인 사회 현상이나 모순에 대한 나름대로의 비판을 카툰이라는 그릇을 빌려 함축된 메시지로 전달해보자는 생각이 들었다.

깊은 사색과 철학으로 삶을 통찰하고 역설과 풍자로 비꼬아보자. 역사적, 사회적 현실의 구구한 이야기들을 단 한 컷으로 압축하여 독자의 뇌리를 때리는 카툰 같은 시, 때론 과장하고, 때론 왜곡하고, 때론 생략하는, 그런 시를 써보자. 그때부터 나는 세상을 카툰으로 푸는 작업에 몰두했다.

그 남자 도마 위에 꽃소쿠리 얹는다. 요 깜찍한 장미와 수수한 호박꽃 내 칼끝에서 무엇이든 식용이 되지요 …(중략)… 이 팔뚝의 상처 문장처럼 빛나죠. 가시와 독설에 찔리는 쾌감 끝내주죠. 아삭아삭 속살까지 튀겨낸, 먹어볼래요. 그 남자 다 된 요리접시를 들고 돌린다. 아직 끓고 있는 화덕, 후덕한 호박꽃이 깊은 속을 오무린다. 그 남자 고깔모자 호박꽃 터널 속으로 점 점 점 사라진다.
— 권애숙, 「그 남자 꽃 속으로 사라지다」 부분

툭, 담 너머로 신문 떨어지는 소리 들린다. 어떤 삶의 얘기들이 신문 속으로 펼쳐져 있을까. 나는 또 어떻게 말도 많고 탈도 많은 세상을 촌철살인, 한 컷의 카툰으로 압축시켜볼까. 시를 쓰지 않았다면 아마 카툰 작가가 되어 또 다른 요지경으로 세상을 들여다보고 있을지도 모르겠다는 생각이 신문을 뒤적거리는 동안 문득 든다.

내 안의
성문을 따고

'세상을 향해 컹컹 짖는 늑대 여자', 두 번째 시집이 나왔을 때 어느 평론가가 붙여준 이름이다. 내 속에 들끓는 짐승들을 본 것이다. 어둠 속에 웅크리고 있다가 밤하늘에 둥근 달이 그리움처럼 떠오르면 우~ 우~ 우~ 고개를 젖히고 자신의 근원을 불러대는 늑대의 울음소리를 들은 것이다. 그 야성의 기호를 언어로 해독해낸 것이다.

그립고 귀한 것은 언제나 아득한 길 끝에 있다. 칠흑 같은 어둠 속에 있고, 끝없는 가시덤불 너머에 있고, 첩첩 얼음산과 활화산 같은 불의 강 건너에 있다. 끈질기게 가로막는 현실 세계와 맞붙어 피투성이 대결을 벌인 뒤에야 '잠자는 숲 속의 미녀'에게 키스할 수 있고, 죽은 자를 살려내는 신비의 약초나 생명수를 얻을 수 있다.

시인은 싸움꾼이다. 그래, 맞아, 잘한다, 하며 세상과 내게 화해를 하는 게 아니라 너는 왜, 무엇 때문에, 하며 따지고 긁고 집적거리며 치열하게 싸움을 걸어야 한다. 마음으로도 싸우고, 눈으로도 싸우고, 소곤소곤 싸우고, 컹컹 늑대처럼 짖으며 한판 결투를 벌이기도 해야 한다.

인터넷 홈페이지를 만들면서 내 프로필을 좀 써달랬더니 선배 시인은 '머리에 깃털을 꽂은 채 바람처럼 말을 달려 저 황산벌 계

백의 코앞에서 초개처럼 산화했을 신라 화랑이었거나, 정치판에 들면 사흘 안에 뒤집어엎을 것'이라 했다. 후배 시인은 '머리를 뒤로 올려 묶은 채 똑바로 걸어가는 남자 같은 여자'라 했다.

나는 시시때때로 내 자신에게 시비를 건다. 우는 나에게도 웃는 나에게도 시비를 걸고, 자고 있는 나에게도 깨어 있는 나에게도 시비를 걸고, 어제의 나에게도 오늘의 나에게도 시비를 건다. 넌 누구냐? 아니, 아니야, 네가 아니야, 도리질을 하며 멀고 먼 내 안의 길로 들어간다.

홀로 거울의 방에 갇혀 독배를 들고 있을 고독한 참나(眞我)를 찾아간다. 먼지가 떠도는 성루에 펄럭이는 깃발을 꽂으러 간다. 하얗게 어둠의 꽃이 된, 온몸이 꽃씨인 아름다운 내 여자의 눈부신 발등에 입을 맞추기 위해 간다.

그 일은 아무도 몰래 혼자 해야 하기에 너무 힘들고 고독한 작업이다. 서슬 퍼런 기존의 나에게 두들겨 맞을 땐 그만 여정을 포기하고 이쯤에서, 하며 적당히 타협하고 싶을 때도 있다. 그러나 더 큰 나를 위해 낡은 허물을 벗는 일이고 단단한 껍질을 깨는 작업이기에 즐겁게 온몸으로 굴러간다.

그리운 이는 보이지 않고 불빛도 꺼져버렸다 마침내 나는 먼지의
끝을 잡고 달렸다 내 안의 늑대들이 깨어나 으르렁 으르렁 길을 막
았다 물러나라 내 팔짝이 필요하느냐 내 다리통이 필요하느냐 아나,
다 주마 부른 배로 엎디어 안내하라 나는 온밤을 굴러 철커덕 녹슨
문을 땄다
　　— 권애숙, 「내 안의 성문을 따고」 부분

　겨울이다. 겉으로 보기에 산과 들은 할 일을 다 한 뒤 휴식에 든
것처럼 고요하다. 하지만 내면 깊이 자신을 들여다보고 있을 것이
다. 구불구불 걸어온 길들을 펴놓고 준열하게 꾸짖고 있을 것이다.
뿌리에서 가지 끝까지 야성을 채운 채 삭풍의 길을 나서고 있을 것이
다. 때가 되면 푸르게 솟구쳐 오를 참나를 찾아가고 있을 것이다.
　영하의 기온으로 뚝뚝 떨어질수록 밤하늘에 떠오르는 별이며
달이 더 맑고 초롱초롱하다. 오늘도 내 안의 짐승들이 깨어나 조금
씩 살점을 벗어내는 하현달을 올려다보며 컹컹 짖어대기 시작한다.
헤세의 「황야의 이리」를 만나는 밤이다. 툭, 툭, 내 어깨를 치는 '하
리할러'. 컹컹 짖으며 나만의 무도장을 찾아 헤매는 나는 캄캄한
이 도시의 또 다른 '하리할러'다.

시를 위한
사육제

며칠째 시끄럽게 동네를 들었
다 놓았다 하던 굉음이 잠잠해졌다. 골목 입구에 자리 잡은 채 조
석으로 사람들이 드나들던 집 한 채가 포클레인 속으로 흔적도 없
이 사라지고 말았다. 부서진 콘크리트 조각들만 널브러진 집터에
주인인 듯싶은 남자는 하루 종일 오락가락하며 깊은 생각에 잠긴
듯 보였다.

새 집을 어떻게 앉힐까 구상을 하고 있는지도 모르겠다. 저번 집
은 대문이 이쪽이었으니 이번엔 저쪽으로 낼까, 창문을 좀 더 크게,
지붕은 뾰족하게 해볼까, 아이들을 위해서 다락방 하나를 넣는 것
도 좋겠어. 이런 저런 생각에 잠겨 있을 이웃집 남자를 관찰하며
나는 새로 지어질 그 집에 대한 기대를 가져본다.

습작 시절에 쓴, 시라고 할 것도 없는 글 수백 편을 당시에 나는
좔좔 외우고 있었다. 한 편 한 편이 무슨 보물인 양 차곡차곡 모아
묶어두고 시간만 나면 읽어대었기 때문이다. 그러다 어느 날 그것
들에 얽매인 나를 발견했다. 딛고 일어서야 한다. 오래된 마디를 딛
고 서야 새로운 마디를 엮을 수 있는 푸른 대나무처럼. 나는 내 지
난한 문청 시절의 발자국들을 커다란 봉투 속에 넣어 밀봉한 채
서랍 깊은 곳에 넣었다.

한 권의 시집을 묶고 나면 시인들은 나름대로 의식을 치른다. 어떤 이는 지인들을 초대하여 출판기념회를 하면서, 어떤 이는 소리도 없이 혼자서 조용하게, 또 어떤 이는 시집을 불살라버리기도 한다고 한다. 나 역시 두 권의 시집을 내었을 때 조촐하게라도 출판기념회를 하자던 주위의 권유가 있었지만 그렇게 하지 않았다. 나름대로 혼자서 내 시를 위한 사육제를 하고 싶었기 때문이다.

첫 시집 『차가운 등뼈 하나로』가 나오고 나서는 내가 나서 자란 고향에 갔다. 이미 오래전에 남의 손에 넘어간 내가 태어난 옛집을 먼발치서 바라보기도 하고, 동무들과 뒹굴던 뒷동산의 이름 모를 무덤가에 앉아보기도 하고, 부엉이가 울던 오솔길을 천천히 걸어보기도 하고, 벌거숭이로 멱 감던 강물에 손을 넣어보기도 했다. 나를 있게 해준 곳, 내 시를 있게 해준 곳, 그곳에서 새로운 시의 출발을 다짐했다.

두 번째 시집 『카툰세상』이 나오고 나서는 다시 바닥에 들어야겠다는 생각이 들었다. 폐허가 되자. 폐허가 되지 않고는 새로운 건설의 망치를 휘두를 수 없다. 아무도 몰래 혼자 뒷산으로 올라갔다. 손바닥만 하게 일궈놓은 밭들이 겨울에 들어 땅심을 올리고 있는 중이었다. 텅 빈 밭에 잘 익은 솔가리 한 줌을 긁어다 놓고 성냥을 그어 불을 붙였다.

연기 속으로 맵싸한 솔향기를 뿜으며 빨갛게 불꽃이 오를 때 시집을 얹었었다. 잘 타지 않았다. 이번엔 두껍고 매끄러운 겉장을 뜯어내고 속지 한 장 한 장을 찢어 불 속으로 던졌다. 그때서야 소지처럼 화르르 내 아픈 분신들이 타올랐다. 들들거리던 길 위의 짐차도 타고, 오랜 상처인 엄마와 아버지도 타고, 캄캄한 세상 속을 절룩거리며 헤매던 나도 탔다.

이제 그대들을 놓아주는 거야. 질기고 질긴 탯줄을 끊으며 나는 소리 죽여 울었다. **미래를 위해 과거를 죽이는 것이다. 시를 위해 시를 죽이는 것이다. 나를 위해 나를 죽이는 것이다.** 새롭게 올 내 시를 위한 소신공양, 잿더미 위에서 다시 나는 내 시의 삶을 짜야 한다. 나만의 관을 짜야 한다. 그 관을 위해 온몸으로 죽음을 짜야 한다.

나 늦은 지금, 관 하나를 짜려 하네
단단한 대리석 석관이 아닌
반들반들 윤기 흐르는 검은 옻칠의 목관도 아닌
서늘한 바람의 관 하나를 짜려 하네

사방팔방에 사람들은 내 헐렁한 관을 걸어 두고

윙, 윙, 윙, 돌림노래를 부를 거야

여기, 평생을 울부짖던 바람이 있어… 최후의 시 한 편 만장으로

꽂아 놓고

지상에서 영원으로 나는 펄럭이려네

— 권애숙, 「棺」 부분

오해의
역사

찻잔을 앞에 놓고 두 사람이 쏟아내는 말들은 툭툭 끊어진다. 말이 말을 물고, 흔들고, 밀고, 떨어뜨리지만 좀처럼 매듭이 지어지지 않는다. 끝날 기미가 안 보인다. 무슨 얘기기에 저리 심각하게 쏟아내는가. 가만히 보면 둘 다 애가 타는 듯한 표정이다.

나는 뜨거운 차가 식기를 기다리는 동안 삐걱거리며 엮어가는 건너편 사람들에게 온통 쏠린다. 한 사람은 진지하고 한 사람은 해독하지 못한 말들을 붙들고 애를 쓴다. 무슨 연유인지 알려고 하지 않아도 너무 뜨겁거나 빗나간 말들이 엉뚱하게 다른 쪽으로 흘러내린다는 걸 알 것 같다.

적당하게 차가 식었다. 이젠 수월하게 마실 수 있겠다. 뜨거운 것을 잘 먹지 못하는 나는 차든 음식이든 적당히 식어야 입을 댄다. 무슨 맛으로 먹느냐고, 곁의 사람들은 늘 이런 나를 놀리거나 이상해하지만 나는 너무 뜨겁거나 자극적인 맛은 싫다. 아니 싫다기보다 잘 먹어내질 못한다.

감당할 수 없는 것들에서는 잠시 멀어져 기다리는 게 답이라는 내 식의 도피라고 할까. 최선의 방법이라고 할까. 수없이 혀를 데이거나 상처가 나본 끝에 얻은 나만의 해법이다. 뜨거운 김이 걷히는 동안 건너편 자리의 말들도 좀 식어가는 듯하다. 곧 해답을 얻겠다.

어제는 마당에서 서성거리다 들어오니 셀폰에 부재중 전화가 한 통 찍혀 있었다. 서로 연락이 끊긴 지 오래된, 그러나 매화나무 가지에 달라붙어 터질 듯 말 듯한 꽃망울들처럼 내 안 어디에 자리 잡고 문득문득 아프게 하는 이름. 누가 먼저랄 것도 없이 그냥 데면데면해진 관계.

하여간 서로가 불편해서 거리가 생겼는지, 거리가 생겨 불편해졌는지, 그동안 미숙한 우리의 소통은 너무 무심했거나 아예 무시했던 것은 아니었을까. 나는 잠시 어리둥절했지만 반가움에 발신 버튼을 눌렀다. 신호가 가는 동안 심경이 복잡했지만 기다렸다.

"아, 전화가 잘못 갔어."

선이 이어지자 전화기 저쪽에서 약간 무안한 듯한 목소리가 넘어 왔다. 이번엔 내가 무안했다. 잠깐 정적이 흘렀지만 이내 누가 신춘 문예에 당선되었다더라, 아이들은 잘 있나, 그저 그런 얘기들을 나누다 전화를 끊었다. 그리고 부재중 전화에 이어 미리 당도해 있던 '전화가 잘못 갔다'는 내용의 메시지를 발견했다.

미리 봤더라면 전화를 안 해도 되었을 텐데. 아니다. 그래도 전화든 메시지든 했을 것이다. 답장을 보냈다. 꼭 그렇게 전화가 잘못

갔다고 했어야 했느냐, '오다가 주웠어' 하는 경상도식 선물이라 생각하겠다, 뭐 이런. 복잡한 생각들이 머릿속을 헝클었다.

여전히 우린 서로 다른 방향을 바라보는 섬이었고, 자기식대로 생각하고 발화하는 관계였다. 어디서부터 어긋났을까. 무엇이 이렇게 서로를 밀어내게 했을까. 밀어낼수록 더 의식하게 되는 게 관계 아니던가. 하지만 소원했던 관계에 스크래치를 냈으니 뭔 그림이 나타날지도 모르겠다.

내가 좋아하는 것들은
이쪽은 없고 저쪽만 있다
아니 때때로 저쪽도 없고 이쪽도 없다

내가 건너편에서 자기야, 손을 흔들면
그들은 더 먼 곳을 향해 출렁거린다

물결이 물결을 꺾는 세상의 기슭에서
얼룩이 얼룩을 지우는 상강 언저리

—오늘, 서리가 온대

—뭐시라꼬? 소리를 하라꼬?

대답은 엉뚱하게 다가오는 변방

바래지는 귀를 말고
추워지는 눈과 입을 덮고

내가 사랑하는 사람의 모서리가 희미해진다
내가 사랑하는 사람의 안쪽과 바깥쪽이
까마득하게 멀어진다
— 권애숙, 「섬」 전문

바람이 좋다고 풀잎을 흔들어도 풀잎이 다치면 바람의 잘못이다. 물결이 좋아라 발바닥을 두드려도 발바닥이 내치면 물결의 잘못이다. 관계란 늘 그렇다. 사람이든 사물이든 자기가 좋아하거나 득이 되는 방향으로 고개를 젖힌다. 그러니 잘못된 관심은 오히려 불화를 낳는다.

나는 세계와의 불화를 자주 겪는다. 그들이 흘려주는 것들을 제대로 알아듣지 못할 때, 중얼거림이나 암호를 풀지 못할 때, 막막한 뒷등을 붙들고 밤을 건너간다. 하지만 그 **막막함이 엉뚱하게 걸어오는 말들에 깊이 침잠할 수 있도록 간혹 어둠을 열어준다. 기다림은 새로운 세계를 얻기 위한 준비 기간이다.**

뜨거운 차가 식을 때까지, 저쪽에서 오는 말들이 식어 차갑게 될 때까지, 나는 이제 굳이 이것은 이렇고 저것은 저렇다 해명하지 않는다. 어쭙잖은 해명이 오히려 열리려던 문까지 닫게 할 수도 있다. 진실은 찻잔 바닥에 남아 있는 진국처럼 드러나게 될 것들이기에.

식어버린 차를 훌훌 들이키고 나니 바닥에 갈앉은 찌꺼기가 보인다. 그렇다. 진실은 바닥에 갈앉아 있어 끝까지 가봐야 만날 수 있다. 나는 바닥을 믿는다. 바닥엔 언제나 실패와 성공의 흔적이 남는다. 전생(全生)이 고스란히 다 녹아 있는 곳에서 드디어 오해의 역사가 풀린다.

'잘못 갔어' 뭐 이런 메시지에도, 그래? 좋아, 고마워, 하며 지직거리는 주파수가 창조의 시작임을 알아차린다. 저쪽은 이쪽을, 이쪽은 저쪽을 알아채지 못해 설레는 다음이 있지 않겠는가. 왼쪽이 막막하면 오른쪽으로, 오른쪽이 막막하면 왼쪽으로, 기울이거나 뒤집거나 휘저으며, 낯익은 말들을 낯선 쪽으로 밀어낸다.

무슨 무늬가 생겨난다. 시다. 시시한, 오해의 역사.

때 묻은 법으로만
웃던 여자

뻐꾸기 울음이 산자락을 긁어 댄다. '들어라' '좀 들여다봐라' '잊지 마라' '기억해라'. 밭고랑에 엎드려 세상을 잊고 싶은 사람의 마음을 기어이 일으켜 세운다. 그래, 좋다. 울고 싶을 때 울고, 날고 싶을 때 날고, 옮겨 앉고 싶을 때 옮겨 앉는 새야. 그래야지.

흙 묻은 손바닥을 털며 뻐꾹뻐뻐꾹뻐꾹, 뻐꾹새라도 된 듯 따라 소리를 질러본다. 얌체 같은 뻐꾸기, 세상에 이런 암컷도 있구나. 지 새끼 남의 둥지 안에 낳아놓고 시시때때로 둥지를 바라보며 '내가 니 에미다 기억해라 잊지 마라' 새끼들에게 세뇌를 시키는 엄마.

제때 따내지 못한 감자꽃들이 드문드문 남아 밭고랑을 붙든 채 희미하게 웃고 있다. 감자꽃의 꽃말은 "당신을 따르겠습니다"라고 한다. 신앙 같은 순종인가. 체념 같은 복종인가. 마음에 들지 않는다. '따라 올래?'도 아니고, '같이 가자'도 아니고. 너무 묵어 때가 묻은, 그만 사라져도 좋을 법 같은 말.

그 여자도 그랬다. 한 번도 여자란 이름 밖으로 나와보지 못했다. 이름이 있긴 있었던가. 세상이 만들어놓은 무대에서 딸이었으며 아내였으며 엄마였던 여자. 언제나 나는 없고 너만 있던 여자. 그 역할에 충실했던 배우 같은 여자. 마지막까지 그렇게 본심을 드러내지 못했던 여자.

여자 없는 여자밭에 감자꽃 피었다
유언인 듯 묻어둔
감자에 코가 생기고 눈이 생겼다
비탈진 고랑마다 으스름 여자꽃 터졌다

꽃을 따내야 감자가 실하지
깨달음은 우째 늘 뒤통수를 치는가
말 잘 듣는 아이처럼 꽃숭어리 꺾어 던지고
여자의 감자밭을 뒤집는다

찌그러진 밥통 같은,
퉁퉁 부은 손등 같은,
그렁그렁 눈물 같은,
멍이 번진 뒤꿈치, 뜯기고 갉아 먹힌,

이게 니가? 너 맞나?

열개도 넘는 모가지 줄줄이 매달고 여자야

이 많은 너를 깊이도 묻어두고

때 묻은 법으로만 웃어제꼈더냐

— 권애숙, 「블랙박스」 전문

　땅속에 들앉아 있던 감자들이 줄줄이 줄기에 매달려 올라온다. 와, 많다, 맛있겠다. 어리석게도 소리치며 감자를 주워 담다가 깨닫는다. 감자의 비밀을 알아챈다. 이것들, 캄캄하고 습한 땅속에 저를 숨기고 얼마나 아팠을까. 밖으로 내놓지 못한 속내 견디며 얼마나 힘이 들었을까.

　환한 꽃으로만 웃던 감자의 현실을 만난다. 꽃 아래 숨겨놓은, 서서히 자란 얼굴들이 다 다르다. 찌그러진 얼굴, 움푹 패인 눈, 무슨 말들을 기어이 쏟아낼 것 같은 울먹거림. 알알이 울퉁불퉁 삐딱한 감자는 자신의 아픈 일생을 기록해둔 블랙박스다.

　평생을 달리고 달리며 눈 덮인 산봉우리는 바라보았는지. 파랑이 일던 바닷가를 서성거리며 뒤집어지기도 했는지. 담벼락에 기대어 홀로 긴 밤을 건너가며 꺼이꺼이 울기도 했는지. 산모퉁이 벼랑길과 가늠할 수 없는 물길을 조심조심 건너왔을, 그런 여자의 전부를 다 받아 적은, 감자는 여자의 블랙박스다.

'당신을 따르겠습니다' 꽃말처럼 세상을 향해 나직하게 웃기만 하던 꽃은 얼마나 아픈 허구였나. 아무 문제없다고, 다행이라고, 안심하며 믿은 사람은 또 얼마나 어리석고 한심한가. 멍들고 갈라지고 찌그러진 속내를 깊이도 묻어둔 채 딸로, 아내로, 엄마로만 살다 간 여자. 어찌 감각도 감정도 없었겠는가.

죽음으로 사라진 뒤에야 꼭꼭 숨겨둔 여자의 속내를 들여다보며 때늦은 후회를 하는 남은 자들. 여자는 그런 거라고, 그래야만 하는 거라고, 얼마나 쉽게 비비고 흔들었던가. 당연한 듯 외면했던가. 받아내기만 하고 잊어버렸던가. 뻐꾸기 소리 속으로 꾸국꾸국 구 산비둘기가 끼어든다. 침묵하던 여자는 이제 없다.

"찌그러진 밥통 같은, / 퉁퉁 부은 손등 같은, / 그렁그렁 눈물 같은, / 멍이 번진 뒤꿈치, 뜯기고 갉아 먹힌" 여자는 "열 개도 넘는 모가지"로 연출하고 유보했던 역사를 남기고 세상 밖으로 사라졌다. **남성 중심의 이데올로기에 갇혀 평생 '꽃으로만 웃어'젖혔던 여자야. 마지막 그대 전부를 기록한 한 무더기 전설을 파먹으며 남은 사람이 운다.** 미 안 하 다 미 안 하 다 미 안 하 다.

173

나비 잡으러
가자

벌써 한 시간째 아이는 나비를
따라다니고 나는 밭둑에 앉아 그런 아이를 지켜보고 있다. 장다리
꽃에 앉아 있던 나비는 아이가 손을 뻗치기만 하면 팔랑, 날아 다
른 꽃으로 가서 앉았다. 아이는 장다리꽃이 피어 있는 텃밭을 이
리저리 뛰어다니며 팔을 들었다, 내렸다, 손을 폈다, 오므렸다 했다.
나비는 멀리 날아가지도, 손에 잡히지도 않은 채 아이의 주변을 맴
돈다.

나는 '얼음덩어리로 변한 커피 아이스크림'을 칼이 휘어지도록
자르려고 애썼다는 '파스칼 키냐르'의 얘기를 떠올린다. 그는 '매끄
럽게 빠져나가는 얼음덩어리 앞에서 일시 정지된 칼처럼 글을 쓰
는 사람은 고정된 시선과 경직된 자세로 빠져나가는 언어를 향해
두 손을 내밀어 애원하는 자'라고 했다.

"저게 무슨 나비야?"

"음음 흰… 배추… 풀… 무늬…"

아이의 질문에 기억나지 않는 나비의 이름을 찾아 밭둑에 앉아
있던 내가 한참을 더듬거린다. 아이 역시 달아나는 나비를 쫓아다
니며 잡아보려고 애를 쓴다. 그러다가 한 순간 아이가 잽싸게 나비
를 낚아챈다.

"아, 큰줄흰나비다!"

동시에 내가 소리쳤다.

시는 '혀끝에서 맴도는 이름'을 혀가 꽉 끌어안아 발음하게 되는 그 순간에 태어난다고 한 파스칼 키냐르의 말을 다시 떠올린다. 나비를 잡은 아이의 얼굴이 희열로 가득 찼다. 심층에 자리하고 있어 거의 잊어버렸던 언어를 되찾은 순간 시인이 갖게 되는 희열이다.

언어를 찾은 그 순간을 파스칼 키냐르는 오르가슴의 순간이고 사정(射精)의 순간이라고 했다. 언어는 획득된 것이므로 망각하게 되고 그 망각에서 기억해내려 할 때마다 속으로 굳어져만 갔던 것이다. 하지만 어떤 대체물을 통해 언어는 어느 순간 밖으로 떠오르게 되는 것이다.

아이의 손에 잡힌 나비는 금방 죽고 말았다. 아이의 손에 분가루가 하얗게 묻어 있다. 죽은 나비를 내려다보는 아이의 얼굴이 실망감에 젖어 있다. 집중해서 나비를 따라다녔던 시간과, 땀을 흘리게 했던 뙤약볕과, 그제서야 아파오는 다리가 생각난 듯 털썩 주저앉았다.

손에 쥐고 있던 죽은 나비를 땅바닥에 내려놓고 아이는 멍하게 장다리꽃밭을 바라본다. 금방이라도 울음이 터질 것 같은 볼을 실룩거리더니 다시 일어나 또 다른 나비들을 찾아다닌다. 장다리꽃을 희롱하며 날아다니던 나비들이 다시 숨바꼭질을 하듯 요리조리 아이를 피해 난다.

시 쓰기는 나비를 잡으러 뛰어다니는 아이처럼 시간과 열정 속으로 자신을 끊임없이 바쳐야 한다. 그러다가 한 편의 시를 썼을 때 잠시 희열을 느낀다. 그러나 이내 허탈감에 빠지게 된다. 이 허탈감을 파스칼 키냐르는 "화덕에 접근하기"라고 했다. 이 '화덕'이라는 것은 융합의 장소이기 때문이다.

'화덕'의 동의어로 '결여된 이미지' '기원에 있는 빈칸' '상실된 기억' '자신이 부재했던 장면'을 얘기한다. 이런 융합의 장소로 시인은 잊혀진 언어, 맞춤처럼 딱 맞는 언어를 다시 찾아 이동시켜야 한다. 되찾은 언어로 하여 시는 생명을 얻을 수 있기 때문이다.

"나비 잡으러 가자."

무덤 곁에서
쓰는 편지

1

막바지 가을이 한창 익어갑니다. 아래쪽 화장장에서는 누군가의 한생이 마지막 연기로 사라지는 중이고 앞마당엔 시든 국화꽃 화환들만 구겨진 추억으로 넘겨져 있습니다. 통, 반이 잘 구별된 새 동네처럼 무덤들 사이로 반듯하게 난 길을 걷는 동안 붉은 물을 그득 물고 있는 벚나무 잎들이 자꾸만 속을 쏟아냅니다.

그들만이 알고 있는 또 다른 얘기를 들어볼까, 벚나무 아래 앉았습니다. 벚나무 둥치가 울퉁불퉁합니다. 불룩한 상처를 쓰다듬고 있으려니 붉은 잎들이 망자들의 얘기를 전해주려는 듯 내 어깨 위로 떨어져 내렸습니다. 한 장 한 장의 무게를 느끼며 그들의 삶을 가늠해봅니다.

여기저기에 가을 소풍 나온 듯 돗자리를 깔고 음식을 먹는 가족들, 색깔이 바랜 조화를 산뜻한 새것으로 바꿔 꽂는 이, 무덤 주위의 풀들을 다독이는 이, 멍하니 비석 앞에 주저앉아 먼 산만 바라보는 이, 그들에겐 이미 하나같이 슬픈 기색이 보이지 않습니다.

내가 살고 있는 곳에서 그리 멀지 않은 곳에 공원묘지가 있다는 것을 맨 처음 알게 된 게 몇 년 전이었습니다. 어디로 바삐 가던 길이었을 겁니다. 좀 빠른 길로 질러가고 싶어 어림짐작으로 샛길을 택해 들었습니다. 낮은 언덕을 넘자 거기 어머니 자궁 속처럼 아늑한 골짜기가 있었습니다.

여기저기에 봉긋봉긋 솟아 있는 무덤들이 점자책처럼 헤아릴 수도 없이 펼쳐져 있었습니다. 아, 너무나 아름다운 정경에 순간 탄성을 질렀습니다. 잘못 든 길 끝에서 만나는 새 세상이었습니다. **낮은 언덕 하나를 사이에 두고 산 자와 죽은 자들이 이렇게 등 기대고 있었다니요.**

네가 가고 없어도 우리는 널 기억할 거다.
아버님! 자식 걱정 모두 잊고 편히 쉬소서.
아들아, 두려워하지 마라. 에미가 곁에 늘 있을 것이다.
먼저 가 계세요. 당신이 가신 곳으로 저도 곧 따라갈게요.

여기저기 서 있는 나뭇가지마다 산 자들의 편지가 울음인 듯 그리움인 듯 걸려 있었습니다. 바삐 가던 길을 세우고 오 헨리의 「마지막 잎새」처럼 바람에 팔랑팔랑 흔들리고 있는 편지를 읽으며 그 편지들을 매달던 그리움과 그 그리움의 손목을 잡고 있는 또 다른 그리움을 보았습니다.

죽음은 곧 삶이고 삶은 곧 죽음으로 다가왔습니다. 죽음은 무섭고 두려운 것이 아니었습니다. 이렇게 가깝게 있는 죽음과 친해지려고 했습니다. 그리하여 죽음처럼 삶을, 삶처럼 죽음을 짜가리라 생각했습니다. 집착이 생기거나 절망 앞에 설 때, 기쁨으로 두근거릴 때, 엄마의 품속을 찾듯 영락공원을 찾습니다.

그곳에는 길이 있습니다. 읽고 들어야 할 얘기가 있습니다. 삶이 있고 사랑과 희망이 있습니다. 그곳에서 또 다른 생을 살고 있는 망자들과 마음속으로 얘기를 주고받으며 무덤 사이를 걷는 동안 너덜거리는 나를 죽이고 새로운 나를 안을 수 있습니다.

2

일 년 반을 대학병원 암병동을 들락거렸습니다. 아직 젊은 시동생과 하나밖에 없는 언니가 달포 간격으로 시한부 판단을 받았습니다. 모니터로 보는 암 덩어리는 꽃보다 더 붉고 화려하고 예뻤습니다. 줄줄이 뿌리에 달려 올라오던 그 여름 고구마밭, 알알이 잘 익은 알뿌리처럼.

대학병원 암병동에는 시한부 목숨들로 그득했습니다. 겨우 걸음을 배우고 말을 배워 세상에 뿌리를 내려보려는 어린아이들부터

입시 준비를 하던 학생이나 두 달된 젖먹이를 둔 새댁 할 것 없이 몸속에 그들만의 사리를 키우고 있었습니다. 죽음으로 가는 길은 외로운 현실입니다.

대부분의 암병동 환자들은 의외로 밝고 긍정적입니다. 항암 주사로 머리카락이 다 빠져버린 맨머리를 쓰다듬으며 드디어 고승이 되었다고 웃기도 하고, 면회 온 친척들이나 가족들을 걱정하고 챙깁니다. 밤사이 옆방 환우들이 영안실로 옮겨갈 땐 복도로 나와 침묵으로 보내고 아무렇지도 않은 듯 침대로 돌아가 눕습니다.

너무도 처연하게 죽음의 길로 가고 있는 그들 앞에서 무슨 말을 할 수 있을까요. 그들이 걸어가는 길을 바라보면서 시 몇 편을 끼적거렸을 뿐입니다. 얼마나 가당찮고 무책임한 짓입니까. 하지만 그게 그들의 길에 끼이지 못하는 송구함과 내 식의 깊고 뜨거운 사랑 표현이라고 스스로를 위로했습니다.

3

시월이 거의 끝나갈 무렵, 앞서거니 뒤서거니 닷새 간격으로 혈육들은 결국 먼 길을 떠났습니다. 가는 이는 평온하게 가는데 남은 자들이 소리쳐 웁니다. 나는 울지 않으려고 애썼습니다. 그들의 삶을 소중하고 가치 있게 추억하고 싶었습니다. 그들은 너무나 고운 비단 옷을 입고 곱게 수가 놓인 꽃신을 신은 채 먼 길을 떠났습니다. 저승길 열두 대문을 거칠 때 쓰일 이승의 마지막 노잣돈을 허리춤에 꽂아주며 나직하게 말했습니다.

"참 아름다운 삶을 살았어요."

하루 종일 산자락 하나가 덜컹거리고 난 뒤 새 무덤 하나가 들앉았습니다. 그동안 자리를 차지하고 있던 개암나무며 산철쭉, 억새, 들쑥들이 새 식구에게 자리를 내주었습니다. 가을 산이 내내 웅성거렸습니다. 이제 인간 세상이 아니라 자연의 일부가 된 채 홀로 살아가야 하는 법을 얘기해주는 것 같습니다.

어둡고 캄캄한 땅속에서 추운 겨울을 보내는 방법이라든가 두고 온 인연의 고리를 끊고 바람처럼, 구름처럼 살아가는 법, 산까치나 갈가마귀들과 얘기를 나눌 수 있는 법 따위를 알려주려는 듯 **저물녘까지 모든 산의 식구들이 새 무덤 쪽으로 기울어지고 있습니다.** 안심입니다.

4

보름날 밤입니다. 혼자 자갈치에서 만삭의 달을 만납니다. 자갈치의 달은 하늘에 있는 것이 아닙니다. 땅을 닮은 바다에 있고 바다를 닮은 땅에 있습니다. 만삭의 배를 안고 질척한 땅바닥에 떨어져 기우뚱거리고 있는 달은 진통하는 임부입니다. 아프게 눌러두었던 그리움들을 금방이라도 탁, 터뜨려 쏟아내려 합니다.

자갈치는 언제나 질척거립니다. 슬금슬금 기어오르는 바닷바람으로 질척거리고, 툭 툭 떨어진 사투리로 질척거리고, 젓가락 장단으로 질척거립니다. **인간의 냄새가 가장 많이 나는 바다와 비릿하게 절여진 인간들이 함께 질척거리는 자갈치에는 생성의 기운이 꿈틀거리고 뜨거운 삶이 북적거립니다.**

포장마차 불판 위에 꼼장어를 얹어놓고 소주잔을 기울이고 있으면 뒤뚱거리며 다가온 달도 함께 불판 위로 올라가 지글지글 익습니다. 그리움은 그리움인 채로 타올라 연기 속으로 사라집니다. **죽음과 삶, 아픔과 그리움은 자갈치에서 완성되고 다시 시작됩니다.** 자갈치는 또 다른 영락공원입니다.

5부

어떤 먹물의
이름값

설렘이란
말

바람이 부는가 봅니다. 미세하게 창문이 흔들립니다. 어디를 건너가고 있는지 고양이 울음소리가 고요한 새벽 골목을 흔들어댑니다. 사방은 아직 캄캄하고 나는 자리에 그대로 누운 채 심연으로 갈앉는 나를 감지합니다. 오늘이 며칠인지, 무슨 요일인지, 어디 먼 곳을 다녀온 듯, 어디 모르는 곳에 당도해 있는 듯, 아득해진 몸과 마음을 애써 흔들어 깨웁니다.

요즘 들어 시간과 공간은 물론 나 자신도 잊어버리기 일쑤입니다. 세상을 뒤집어놓은 역병 탓이 크겠지만 내가 닿아 있는 것들에 조금씩 애착을 끊어간다 할까요. 아니 매 순간 그 모든 것이 매우 소중해서 짐짓 무심한 척 한 발 뒤로 물러서 있는 형국이라 할까요. 그냥 전부를 내려놓고 물처럼 바람처럼 흘러갑니다.

셀폰을 켭니다. 새벽 다섯 시. 간밤에 도착한 몇 개의 메시지가 얌전하게 봉투를 열어주길 기다리고 있군요. '새해 복 많이 받으세요.' '새해에는 더 건강하세요.' '해피 뉴 이어!' 고만고만한 새해 인사들 속에 '지난 해 선생님을 만난 게 가장 큰 행운이었습니다. 덕분에 다시 설레기 시작했습니다.' 꽃다발 이모티콘과 함께 날아온 '행운'과 '설렘'이란 말에 붙들려 한참을 뒤척거립니다.

언젠가 어느 모임에 갔을 때였습니다. 시간보다 일찍 도착했는데

도 이미 먼저 도착해 책을 읽고 있는 이가 있었습니다. 가볍게 수인
사를 하고 늦어지는 멤버들을 기다리며 창밖을 내다보고 있을 때
였습니다. 느닷없이 그가 물었습니다. "사람들을 만날 때 어떤 마음
으로 나오십니까?" 뜻밖의 질문에 잠깐 의아했지만 나는 가볍게,
짧은 답을 보냈습니다. "설렘이지요."

'설렘'이란 말은 내가 좋아하는 낱말들 중 하나입니다. '끌림' '당
김' '쏠림' '떨림' 같은 감성적이고 동적인 어휘들은 자주 주저앉으
려는 나를 일으켜 세웁니다. 어둑해지는 생명들을 살려내는 힘이
세지요. "어떤 설렘은 참 끈질기다. / 수천 개의 얼굴로 처처를 살
린다. // 모르는 이름으로 내 어둠의 바닥에 와 닿은 / 수많은 당신
들에게 마디마디 찬란한 가을을 부친다." 최근에 나온 다섯 번째
시집 '시인의 말'에서도 나는 그렇게 '설렘'이란 말에 올라탔습니다.

어느 해, 수능이 끝나고 난 뒤 그간 힘들었던 수험생들에게 시를
좀 읽어달라는 교장 선생님의 연락을 받고 모교에 갔습니다. 수능
이란 큰 관문을 통과한 뒤라 그런지 강당에 모인 학생들의 모습은
많이 지쳐 보였습니다. 준비해 간 몇 몇 시인들의 시를 함께 읽고 시
에서 묻어 나오는 것들에 관해 이런저런 얘기를 나눌 때 한 학생이
손을 번쩍 들더니 큰 소리로 물었습니다.

"선생님께 시는 무엇입니까?"

모두 나를 쳐다봤습니다.

"아, 난감한 질문이군요. 하지만 굳이 답을 만든다면 내게 시는 '사랑'입니다. 설렘이 낳은 다양한 색깔. 무엇에든 설레면 말도, 생각도, 새롭게 생겨나지요."

학생들이 술렁거렸습니다. 그들이 생각하는 것과 다르다 싶거나 아니면 나이 든 시인에게서 듣는 '설렘'과 '사랑'이란 말에 부쩍 관심이 쏠렸을까요.

"이를테면 흔들리며 가는 짐차나, 아스팔트를 가르고 꽃을 피우는 풀들, 골목을 굴러다니는 빈 깡통을 만났을 때 마음이 움직인다면 그게 바로 '설렘'이고 '사랑' 아닐까요. 앞서거니 뒤서거니 이 둘은 정서의 동류항이라 생각합니다. 사람이든 사물이든 관념이든 맞닥뜨린 순간 어떤 흔들림이 있어야 '다음'이 생겨나지 않겠는지요. 그게 아픔이나 분노, 기쁨, 갈망, 절망 등 무엇이 되든 그들이 오는 때와 장소는 느닷없습니다. 어떻게 알아차리는가에 따라 무늬가 달라지겠지요."

아이들의 눈이 반짝거렸고, 마음을 모아 손뼉을 쳤고, 밀물처럼 밀려와 함께 기대고 포개져 사진을 찍었습니다. 우리는 이미 끌림을 넘어 서로를 당겼고 어떤 설렘으로 충만했습니다. 문득 그들이 생각납니다. 어디에서건 뜨거운 설렘으로 세상을 조곤조곤 살려내고 있겠지요. 직관과 성찰을 통해 저항과 순응 사이를 오가며 성숙한 삶을 엮어가고 있으리라 믿습니다.

창밖이 훤해집니다. 여진처럼 다시 바람이 골목을 흔드는지 덜컹거리는 소리가 들립니다. 자의든 타의든 덜컹거릴 수 있다는 것은 살아 있다는 것이겠지요. **새해는 열렸고 '설렘'은 세상 모든 곳으로 우리를 끌고 갈 것입니다. 언제 어느 길 위에서 아프거나 뜨겁거나 차가운 문장들이 덜컹덜컹 와닿을지 모르는 일입니다.** 그러니 일어나야지요. 설렐 준비를 해야지요.

그저 짐작이나
하며

날마다 천변의 색깔이 달라지고 있습니다. 산책로엔 여전히 마스크를 낀 채 걷거나 달리는 사람들이 무르익는 봄의 기운을 만끽합니다. 가벼운 차림으로 길을 나서 봄 속으로 걷다가 쉬다가 나도 봄물이 듭니다. 물길을 거슬러 오르며 물고기 사냥을 하고 있는 물오리 한 쌍을 만났습니다. 서로 번갈아가며 머리를 물속에 들이박고 꽁지로 허공을 찌르는 모습이 어여뻐 한참을 그들 곁에 잡혀 있습니다.

살아가는 일이 생물의 종마다 다른 것 같지만 들여다보면 다들 거기서 거기인 듯 비슷합니다. 먹고 살기 위해 온몸으로 세상을 들이받는 모습은 인간이나 동식물이 크게 다를 바가 없습니다. 고운 털이 다 젖도록 수차례 물속으로 다이빙을 하고서야 작은 물고기 한 마리를 물고 나오는 물오리나 꽃눈을 틔우기 위해 제 몸의 구석구석을 찢는 나무와 풀들의 아픔이 다를 리가 있겠는지요.

그렇게 봄 햇살 그득한 물가를 서성거리다 버드나무 가지 위에 앉아 있는 흰 새 한 마리를 발견했습니다. 백로인 것 같습니다. 가늘고 긴 다리를 연둣빛 나뭇가지에 세우고 긴 부리를 쩍 벌린 채 어딘가를 바라보고 있습니다. 무리에서 빠져나와 왜 여기 홀로 머물고 있을까요. 사람들과 차들이 오가는 소리 분주해도 꿈쩍하지 않습니다. 누군가 모형을 만들어 나무에 붙여둔 것이 아닐까 하는 생각까지 들었습니다.

벌린 부리를 닫기는커녕 깃털 하나 날리지 않고 부신 햇살에도 눈 한 번 깜빡거리지 않는 백로는 언제부터 이 자리에 앉아 세상의 온갖 것들을 몸으로 다 받아내며, 풍경의 일부인 듯 꼿꼿하게 저를 견디고 있을까요. 먹이를 찾아 이리 저리 몰려다니며 찢고 까부는 주변의 비둘기 떼완 다릅니다. 한 번 바라봐주지도 않지만 나는 나를 홀리는 저 격조 있는 새를 두고 걸음을 뗄 수가 없어 아예 나무 밑에 자리를 잡고 주저앉았습니다.

'장자의 목계(木鷄)'를 생각합니다. 고수가 되기 위해선 주변의 어떤 자극에도 무심해야 합니다. 나무로 깎아놓은 닭처럼 그 어떤 것들에도 끌려 다니거나 동요하지 않고 평정심을 잃지 말아야 합니다. 누군가 자신을 기만하고 욕되게 할 때 분노하지 않는 것은 쉽지 않습니다. 웬만한 인내심이 아니고선 자기 속의 화를 다스리기 힘들지요. 지는 게 이기는 것이란 말이 있지만 아예 싸우지 않고 이기는 것이 최고의 고수 아니겠는지요.

지인 중에 '목계' 같은 이가 있습니다. 세상의 어떤 싸움닭들이 싸움을 걸어와도 말려들거나 흔들림이 없습니다. 그들이 지쳐 스스로 느끼고 깨달을 때까지 잔잔한 호수처럼 고요하게 기다려줍니다. 분노하거나 누굴 원망하거나 험담도 하지 않습니다. 그러니 세상의 그 어떤 추한 것들도 그를 물들이거나 흔들지 못합니다. 주변인들은 지극히 겸손하고 내공이 깊은 그분을 존경하고 따릅니다.

"야, 새!" 갑자기 버드나무 위 새를 쳐다보며 크게 소리를 질러봤습니다. 순간 흰 새가 아주 미세하게 움찔, 하는 것 같습니다. 아, 살아 있는 새가 맞았습니다. 잠깐이라도 새 아닌 새일 거라 생각했던 나는 기뻤습니다. 새야, 세상의 어떤 소란에도 꿈쩍하지 않는 새야, 네가 고수구나. 나는 언제쯤 나무로 깎아놓은 것처럼 그 어떤 것들에도 흔들리지 않게 될까. 속엣말을 건네 보지만 여전히 흰 새는 자기 자리를 고요히 지키고 있을 뿐입니다.

나는 그만 징검다리 사이로 흐르는 물에 두 손을 담그고 물속을 들여다봅니다. 낯선 얼굴 하나 흔들리고 있습니다. 너, 누구니? 어디서 와서 무엇을 하다 지금 여기 머물러 있는 거니? 잘 살아왔다고, 잘 살고 있다고, 자신할 수 있겠니? 약간의 풍문에도 흔들리고 약간의 자극에도 비틀거리는 너란 이를 어쩌면 좋겠니? 혼자 주절거려보지만 물은 나를 지우고 물길을 만들며, 지네들끼리 시끌시끌 조잘조잘 아래로 흘러갑니다.

아직도 나는 나를 조절하기 힘이 듭니다. 내 식의 명상에 들어 무념무상을 지향해보지만 늘 이런저런 생각들이 비집고 들어 실패하기 일쑤입니다. 그러나 '멍 때리기' 수준도 효과가 있다 하니 언젠가는 속 근육이 튼실해져 그 어떤 것들에도 초연해지지 않을까 기대합니다. **이기고 지는 일에 목숨을 건 싸움닭들로 여전히 세상은 시끄럽지만 그저 짐작이나 하며, 바보인 듯, 멍청한 듯, 목계처럼 사는 것도 참 괜찮을 것 같습니다.**

명화의
내력

새벽 2시 30분, 언제부턴가 이 시각만 되면 누가 흔들어 깨우기라도 하듯 눈이 떠집니다. 깨는 시각이 점점 더 빨라지고 있다는 것은 서둘러 해야 할 무엇이 더 많아지고 있다는 뜻일까요. 사방은 그야말로 깊은 어둠에 싸인 채 아주 고요합니다. 벽에 걸린 시계 소리만 척, 척, 척, 끊임없이 어딘가로 걸어가고 있습니다. 무엇이 나를 깨우고 있는지 모르겠지만 깨어 있다는 것은 고마운 일입니다. 다시 이렇게 또 하루를 열고 무언가를 시작하거나 마무리 할 수 있기 때문입니다.

일정하게 또박또박 걸어가는 벽시계의 소리를 따라 어딘가로 걸어봅니다. 시장에 가서 찬거리를 살 때도, 차를 마시며 벗들과 수다에 빠졌을 때도, 글을 읽거나 쓸 때도, 누군가와의 이별로 아프게 뒹굴 때도, 병원 침상에 앓아누웠을 때도 내 시계는 저렇게 끊임없이 걸었겠지요. 하지만 나는 내 시간이 영원할 것이라 착각하며 대수롭지 않게 소비하고 살았을지도 모릅니다. 어쩌면 발등에 떨어진 삶의 무게를 견디느라 의식적이든 무의식적이든 시간의 흐름을 외면하고 싶었을까요.

얼마 전 SNS에 올라온 어느 작가의 그림을 여러 편 만났습니다. 그분의 그림은 매우 특별했습니다. 그림마다 빠지지 않는 소재가 있는데 바로 시계입니다. 산자락에든, 들판에든, 하늘에든, 도시에든 장방형의 크고 작은 벽시계들이 서 있거나 드러누워 있습니다. 그런 시계를 어깨에 메고 어딘가로 걸어가거나 서 있는 사람들이 있습니다. 등에 짊어진 시계는 영락없는 관의 모양입니다. 우리는 그렇게 시간을 주검처럼 멘 채 자신만의 방향을 찾아 늘 헤매고 있지 않을까요.

세상 어디에든 시간의 관은 그 주인들에게 업혀 어디론가 걸어갈 것입니다. 꽃나무 곁에 있을 때도, 사랑하는 사람과 함께 웃고 있을 때도 마지막 당도해야 할 방향으로 흐르고 있겠지요. 이 절대적인 진실을 알면서도 모르는 척 외면하거나 아니면 잊고 있거나 아예 처음부터 깨닫지 못한 채 살아가고 있겠지요. 대개는 자신의 시간이 영원할 것처럼 아웅다웅 난리법석입니다. 날이 새면 여기저기서 또 시끄러운 소리들은 자신뿐만 아니라 타인의 시간까지 여지없이 뭉갤 것입니다.

느닷없이 만나게 된 그 그림들은 내 지난 시간들을 마구 흔들어 깨웠습니다. 새삼스럽게 꺼내본 내 흔적들은 엉성하기 그지없습니다. 독특하지도, 뛰어나지도 않습니다. 원했든 원치 않았든 나도 저들처럼 시계를 둘러메고 어딘가를 향해 가고 있을 뿐입니다. 나는 시계 그림의 기에 눌려 한 며칠 몸과 마음을 좀 앓았습니다. 외면하고 싶었던 답을 마주했기 때문일까요. 살아 있는 모든 것들은 아주 짧은 유한의 세계를 살다 갈 뿐이란 것은 누구나 다 아는 사실인데도 말입니다.

나도 알게 모르게 나만의 세계를 그리며 지금 여기까지 온 것입니다. 습관처럼 먹고 자고 웃고 울며 화폭을 채웠을 것입니다. 그렇다면 **내 생은 이것과 저것의 색들이 오묘하게 섞인 그림이었으면 좋겠습니다. 붉은 듯 푸른 기운이 돌고, 푸른 듯 붉은 기운이 도는 그림.** 땅이다 싶으면 물의 냄새가 나고 풀꽃이다 싶은데 하늘의 냄새가 묻어 있어 이것과 저것의 특별한 경계가 없는 그림. 서로에게 스며들어 닮은 듯 닮지 않은 듯 서로를 살려내는 따뜻하고 다정한 그림.

그가 따 온 감이 푸르다
그가 따 온 고추가 푸르다
붉은색과 푸른색을 구별하지 못하는
그가 지나온 밭고랑엔 여전히
붉은 것들과 푸른 것들이 섞여있다
익은 것이나 풋 것이나

뭔 그리 먼 사연이겠냐

한 소쿠리 설익은 색들을 안고

무색하게 웃는 그의 계절

색이 섞여 신비해진 그림처럼

색을 지워 길이 된 역사처럼

적과 녹의 분별이 없는

그의 심심한 화폭 속으로 따라 들어가면

벌레구멍 숭숭한 뒷장이 명화다

─ 권애숙, 「명화의 내력」 전문

젊은 시인의 부고를 받았습니다. 올 들어 유난히 시인들의 부고를 자주 받습니다. 그들은 이제 메고 있던 무거운 시계를 내려놓고 편안해졌을까요. 삼라만상에 자신만의 색깔을 비벼 넣어놓고 떠났을까요. 마침내 자신의 시간을 유한에서 무한으로 돌려놓고 경계를 지운 명화가 되었을까요. 그들의 부고 앞에서 내 허술한 그림의 완성도를 위해 생의 후반을 어떻게 그려야할지 고민합니다. 죽음이란 평생 그려온 그림에 경건하게 찍는 마지막 화룡점정이며 낙관일 것입니다.

어떤 먹물의
이름값

경남 어느 바다에서 다리가 32개인 괴물 문어가 발견되었다는 소식을 들었습니다. 여덟 개여야 할 다리가 32개니 괴물이라 할 수도 있겠습니다. 사진 속 문어 다리를 보면 상처를 이겨낸 아픔의 흔적이 아닐까 하는 생각이 듭니다. 문어는 적에게 다리를 뜯기거나 배가 고플 때 자기 다리를 뜯어 먹기도 한다는군요. 그 자리에 새 다리가 난다지만 그만큼 살아내기 힘들었다는 얘기일 것입니다. 뜯긴 곳에 여러 개씩 밀어올린 작은 다리들은 문어가 겪었을 절박함이 아닐까요.

"'나의 문어 선생님' 보셨어요?"

모 신문 C기자로부터 영화의 제목을 처음 들었을 때 문어(文魚)라는 이름이 뿜는 '먹물'과 먹물이 밀어내는 '지식' '선비' '글쟁이' 같은 단어들을 만졌습니다. 몸에 먹물을 지닌 두족류들이 더러 있지만 이름에 '글월 문(文)'이란 글자를 가진 것들이 없기 때문일까요. 거기에다 따라붙은 '선생님'이란 호칭이 많은 것을 생각하게 했습니다. 한동안 잊고 있다가 뒤늦게 영화를 찾아봅니다.

"흔히들 문어는 외계 생명체 같다고 합니다. 하지만 희한하게도 문어를 자세히 들여다볼수록 인간과 닮은 점이 아주 많다는 것을 알게 되죠."

남아프리카공화국 '폭풍의 곳'에서 촬영한 다큐멘터리 영화 <나의 문어 선생님>은 이렇게 주인공의 내레이션으로 시작합니다. 파도가 서늘하게 뒤집어지는 화면이 열리고, 먼 외계에서 들려오는 듯 두근거리는 배경 음악이 해조류 숲을 흔들면 문어 한 마리가 나타납니다. 둥근 몸통에 붙은 다리들을 뒤로 모아 안개 속 해조류 숲으로 쭉쭉 헤엄쳐 가는 모습이 외계 생명체 같기도 하고 여유로움을 즐기는 어떤 사람을 닮은 듯도 합니다.

　영화는 오랜 사회생활로 지친 주인공이 어릴 적 살던 곳으로 돌아와, 바다를 헤엄쳐 다니는 동안 해조류 숲에서 만난 문어와 교감하며, 삶의 지혜를 배우고 다시 일어서게 되는 이야기입니다. 문어의 지능이 70~80으로 무척추동물 중에 가장 뛰어나다고 합니다. 그래서 '바다의 현자'라고도 한다지요. 주인공과 문어가 서로를 알아가며 친해지는 과정을 보면 문어는 사람 이상의 이성과 감성을 두루 갖춘 것 같습니다.

　맴돌며 바라보기, 가까이 다가가기, 손가락 잡기, 손바닥에 얹히기, 가슴에 안기기. 천천히 몸과 마음의 거리를 좁혀가며 인간에게 다가가는 문어와 그 관심을 애틋하고 신중하게 받아들이는 인간. 둘 사이엔 어떤 의심도 없습니다. 말 한 마디 없어도 눈빛과 몸짓만으로 서로를 느끼고 믿습니다. 두려움과 호기심을 넘어 진정한 신뢰를 쌓아가는 그들의 모습을 화면 밖에서 두근거리며 설레며 따라다닙니다.

알을 낳고, 부화를 하고, 그 새끼들을 무사히 세상에 풀 때까지 제 자리에서 식음을 전폐하는 문어의 지극한 모성애는 마지막 자신의 전부를 미련 없이 내놓는 것으로 정점을 찍습니다. 스스로 제물이 되어 파자마상어에 물려갈 때의 처연함은 할 일을 다 한 이의 완성된 표정입니다. 마음의 행간이 깊은 문어가 남긴 기운이 다시마 숲을 넘어 지상의 먼 숲까지 뜨겁게 와닿을 때 순간 세상이 환해집니다.

셀폰으로 보는 작은 화면이 아쉽지만 뜻밖에 만난 영화로 인해 만남과 관계에 대하여 새삼 생각합니다. **우연이든 필연이든 만남은 서로를 변화시키지요. 어떤 상황에서도 자연의 순리를 지키며 서로에게 선한 영향을 주는 문어와 주인공처럼. 예측된 이별마저 담담하고 아름답게 받아들이는 모습에 눈시울이 뜨겁습니다. 만남은 언제나 이별을 품고 있고, 이별은 또 새 세계를 준비하는 까닭입니다.**

뜯긴 다리에 멀끔하게 새 다리를 길러내던 문어 선생. 가끔 둥근 돌인 듯 몸을 말고 두 다리로 성큼성큼 걷던 문어 선생. '삶은 이런 것이다' 온몸으로 보여주며 유쾌하고 용감하고 다정했던 당신은 영원할 것입니다. 구석구석 흘려둔 지혜로운 문장은 대를 이어 세상으로 번질 것이고 역사의 새 페이지로 남을 테니까요. 저기, 안개 자욱한 숲으로 문어인 듯 사람인 듯 달려가는 무리, 보고 계시지요? 저들을 준비한 당신은 진정한 괴물입니다.

고맙습니다. 나의 문어 선생님 My Octopus Teacher!

도도하고
고상한 친구

낮은 울음소리가 잠을 깨웠습니다. 가까운 듯 먼 듯, 사람인 듯 아닌 듯, 풀벌레 소리에 섞여 끊어지지 않고 들려오는 울음. 손전등을 찾아들고 골목을 기웃거려도 어디에서 나는지 방향을 찾기 힘들었습니다. 날이 새자마자 울음의 근원지를 찾아 나섰습니다. 이웃한 빈집의 벽과 담 사이 막힌 공간 풀덤불 속에 까만 공처럼 새끼 고양이가 웅크리고 있었습니다. 어미를 잃은 건지 어미가 버린 건지 400g의 작고 어린 친구는 그렇게 왔습니다.

지금까지 고양이를 키워보기는커녕 만져본 적도 없습니다. 시골에서 나고 자랐으니 집에서 키우는 동물들 — 소, 돼지, 개, 염소, 닭, 오리들과는 친근했지만 고양이와는 별 친분이 없습니다. 쥐를 따라다니는 사나운 발톱과 이빨과 번쩍이는 눈. 소리도 없이 잽싸게 뛰어오르고 내리는 민첩함. 밤의 한가운데를 찌르는 울음소리. 이런 것들에 두려움을 느꼈던 것 같습니다. 그런데 무슨 일일까요. 이 작고 까만 새끼 고양이를 덥석, 안았습니다.

이런 얘기를 고양이 사진과 함께 SNS에 올리고 경험자들의 조언을 기다렸습니다. '축복이다, 복덩이다, 좋은 인연이다, 길냥이 새끼들은 생존율이 30%도 안 되니 돌봐야 한다.' 대부분 자상하게 돌보는 방법까지 올려놓고 고양이에 대해 1도 모르는 초보자를 응원했습니다. 하지만 '길냥이는 길에서 자라야 한다, 자유롭게 놔줘라, 거두려면 엄청난 희생을 각오해야 한다'는 댓글도 있어 무슨 잘못을 하고 있는 건 아닐까 걱정도 되었습니다.

그때 캣맘이며 비건인 K시인은 초보 집사가 된 것을 축하한다며 '도리스 레싱'의 『고양이에 대하여』에 나온 문장을 발췌해 링크를 해줬습니다. "검은 고양이가 눈을 반쯤 감고 선잠이 들면, 본연의 모습이 나타난다. 헌신적인 모성애의 영향을 받지 않은 진짜 모습, 작고 매끈하고 탄탄한 고양이, 도도하고 고상한 옆모습을 내게 향하고 앉아 있는 검은 고양이." 그렇습니다. 이미 작고 검은 새끼 고양이는 충분히 도도하고 고상하며 비굴하지 않아 안심했습니다.

이름을 짓는 동안 「검은 고양이 네로」란 노래가 '내로남불'까지 끌고 나와 한참을 웃었습니다. 그러다 선물인 듯 '내게로' 왔으니 '내로'로 하자. 좋아, 넌 이제 나의 내로야. 내로, 내로, 몇 번 불러줬더니 자기 이름이란 걸 알아챈 듯 천천히 다가왔습니다. 고양이는 참 영리합니다. 인간인 줄 알며 산다지요. 그래서 기르는 게 아니라 모시는 것인가 봅니다. 어쩌면 큰 모험일 수도 있지만 흔쾌히 어린 고양이의 집사가 되기로 작정했습니다.

새로운 인연을 짓는다는 것은 책임이 따르고 그만큼 힘이 듭니다. 그래서 조심스럽습니다. 씻기고, 먹이고, 치우며 집 안팎을 뛰어다니는 게 보통 중노동이 아닙니다. 하지만 어쩌다 외출에서 돌아올 땐 보고 싶은 마음이 걸음을 재촉합니다. 처음 예방 접종을 하고 받은 건강수첩은 수십 년 전에 받은 아기수첩 같아 얼마나 설레었는지요. 보이지 않는 먼 손이 있어 굳어가는 내게 내로를 보냈는지도 모르겠습니다.

주변에 '반려견'이나 '반려묘'와 함께하는 이들이 많습니다. 뜻하지 않게 그 대열의 끝에 낀 나는 조금씩 배워갑니다. 간혹 '애완동물'이라 하는 이들이 있는데 '반려동물'이라 하는 게 맞습니다. 1983년 오스트리아 빈에서 열린 '인간과 애완동물의 관계'란 주제의 국제심포지엄에서 처음 제안이 되었고, '애완'이란 말에 '장난감'이란 의미가 있어 '반려'란 말로 바꾸었답니다. '반려'란 '인생을 함께한다'는 뜻이니 맞는 말입니다.

요즘 다른 행성에 와 있는 것 같습니다. 축복처럼 내게로 온 '내로'. 이 작은 고양이의 몸짓과 울음소리로 그들 세계의 언어와 생각을 더듬습니다. 서툰 교감으로 사랑과 신뢰를 쌓아갑니다. 혹자는 그 열정으로 힘든 사람들을 돌보고 후원하라 할 것입니다. 한때 나도 그랬으니까요. 하지만 **어찌 동물이 사람보다 못하다 하겠는지요. 하마터면 외진 곳에서 홀로 울다 죽어갔을지도 모를 한 목숨이 지금 가장 편안한 자세로 잠들어 있습니다.**

호박죽과
시

여행용 캐리어를 끌고 강의실로 들어오시는군요. 캐리어 위에 불룩한 손가방까지 얹은 채 밝고 씩씩한 걸음입니다. 평소와는 다른 등장이네요. 수업을 마치면 어디 먼 곳으로 여행을 떠날 것 같은 차림입니다. 체온을 측정해 출석부에 기록하는데 크린백에 넣은 밀폐 용기 하나를 책상 위로 들이밉니다. 동료들 책상 위에도 하나씩 얹어놓습니다. 집에서 가장 큰 솥에 끓여온 호박죽이라며 선배들에게 돌리는 종강 선물인 듯합니다.

가을학기에 합류하신 이분은 첫 인사에서 그동안 자녀와 손자 손녀들 다 잘 키워주었으니 이젠 자신을 위해 무언가를 하고 싶어 혼자 독립해 살고 있다 했습니다. 일흔하나. 어쩌면 가장 홀가분한 시기일 것입니다. 이웃 도시에서 한 시간 이상 도시전철을 타고 환승까지 해가며 온다는 얘기에 감동해 모두 박수로 환영했습니다. 하고 싶은 것을 스스로 찾아하는 분들의 열정은 대단합니다. 지나온 세월이 모두 엄청난 힘으로 작동하는 것 같습니다.

늦은 나이에 젊은 학생들 속에 들어가 저도 공부를 했습니다. 아들이 대학을 졸업하고 수련의가 되면서 더 이상 학비가 들지 않게 되자 나 스스로에게 주는 상이라 생각하며 대학원에 입학했습니다. 그러나 바쁜 와중에 매주 이틀을 빼 타지역으로 달려가는 일은 쉽지 않았습니다. 6시간 강의를 듣기 위해 왕복 7시간을 길에서 보내야 했습니다. 나머지 5일은 또 학비를 벌기 위해 출강을 해야 했고요. 그때 가장 부러웠던 이가 공부에만 전념할 수 있는 학생이었습니다.

오가는 기차 안에서 책을 읽고 과제인 리포트를 쓰려고 하면 이 소설책 주인공과 저 소설책 주인공이 얽혀 서로 사랑을 하거나 싸우기도 하고, 이 시인의 시와 저 시인의 시가 뒤섞여 혼란스럽게 했습니다. 지정 도서만 읽고 소화하기에도 턱없이 모자란 시간이었지요. 내가 좋아 시작한 것들이지만 너무 힘겨운 스케줄이었습니다. 주부, 직장인, 시인, 학생, 어느 한 가지도 소홀할 수 없어 초인적인 힘으로 버티었던 지난한 시절이었습니다.

나이 들어 무엇인가를 새롭게 시작할 때는 어려움이 더 크게 따르는 것 같습니다. 하지만 다음 세 가지만 가능하다면 머뭇거리지 말고 하고 싶은 것을 시작하라 권유합니다. 우선 건강입니다. 건강해야 무엇이든 해낼 수 있으니까요. 다음은 시간입니다. 여유가 좀 있어야 전념할 수 있지요. 마지막으로 적든 많든 수업료가 들 테니 그 정도는 해결할 수 있어야 하고요. 이 세 가지만 충족되면 나이에 상관없이 무엇에든 도전하여 꿈을 실현시킬 수 있을 것입니다.

남성들은 정년퇴임을 하면 대개 시간이 많이 난다고 합니다. 그러나 여성들은 전업주부든 직장인이든 퇴직 후 노년이든 소소하게 해야 할 일들이 많습니다. 친구나 후배들이 한동안 안 보이면 영락없이 출가한 자녀들의 아이 돌보미가 되어 있더군요. 끝도 없는 일의 멍에입니다. 그렇게 또 몇 년이 훌쩍 가버리고 겨우 일에서 벗어나 나는 누구인가 하고 노년을 들여다볼 때쯤 덜컥 병이란 게 발목을 잡고 그냥 두지 않기도 합니다.

오래전 가까운 지인들에게 아름다운 노후를 위해 무엇이든 준비하는 게 어떻겠냐고 했던 적이 있습니다. 자녀들뿐만 아니라 언젠가 맞게 될 새 식구들을 생각하며, 무엇보다 자신을 위해서 반드시 필요하다고요. 그 말을 듣고 원하던 공부로 자신의 꿈을 이룬 이도 있고, 가난에서 벗어나고자 애쓴 덕에 부를 이룬 이도 있고, 그저 놀러나 다니겠다고 허송세월한 이도 있습니다. 30여 년이 흐른 지금 결과는 놀랍게도 원한 대로 되어 있더군요.

도반들을 생각하며 새벽부터 쑤어 온 그분의 호박죽은 달고 부드럽고 깊었습니다. 걸어온 일생이 버무려진 듯, 남기고자 하는 얘기가 바로 이것이라는 듯. 온몸으로 시를 써오신 그분은 이미 따뜻한 시인입니다. 태어나면서부터 정해진 운명은 없다고 합니다. 주어진 시간을 어떻게 쓰느냐에 따라 원하는 결말에 도달할 수 있을 것입니다. **늦었다고 생각할 때가 가장 이르다고 합니다. 한 해의 끝자락에 기대서서 안부를 묻습니다. 먼 당신, 지금 어디쯤 건너가고 계신지요.**

권애숙 산문집

고맙습니다 나의 수많은 당신

1판 1쇄 발행   2022년 6월 30일

지은이   권애숙
발행인   윤미소
발행처   (주)달아실출판사

책임편집   박제영
디자인   전형근
마케팅   배상휘
법률자문   김용진

주소   강원도 춘천시 춘천로 257, 2층
전화   033-241-7661
팩스   033-241-7662
이메일   dalasilmoongo@naver.com
출판등록   2016년 12월 30일 제494호

ⓒ 권애숙, 2022
ISBN 979-11-91668-44-5 03810